빨간 머리 앤

빨간 머리 앤

세계문학산책 30
빨간 머리 앤

지은이 루시 모드 몽고메리
옮긴이 붉은여우
펴낸이 안용백
펴낸곳 (주)넥서스

초판 1쇄 인쇄 2013년 3월 25일
초판 1쇄 발행 2013년 4월 1일

출판신고 1992년 4월 3일 제311-2002-2호
121-840 서울시 마포구 서교동 394-2
Tel (02)330-5500 Fax (02)330-5555
ISBN 978-89-6790-148-6 04800

www.nexusbook.com
지식의 숲은 (주)넥서스의 인문교양 브랜드입니다.

세계문학산책 30

루시 모드 몽고메리

빨간 머리 앤

붉은여우 옮김 김욱동 해설

지식의숲

초록 지붕 집

에이번리 마을의 하늘이 날마다 푸르게 빛나는 초여름의 어느 날이었다. 매슈 커스버트는 평소 아끼던 외출복을 차려입고 마차를 몰아 언덕을 올라가고 있었다.

매슈는 마을 숲 뒤로 난 오솔길에 자리 잡은 초록 지붕 집에서 여동생 마릴라와 함께 살고 있었다. 그는 성격이 몹시 내성적이어서 모르는 사람을 찾아가거나 모르는 사람과 이야기하는 것을 싫어 했고, 더구나 외출하는 일은 거의 없는 사람이었다.

그것은 부모에게서 물려받은 성격이었다. 매슈의 아버지도 역시 굉장히 내성적인 사람이어서 되도록 사람들과 멀리 떨어진 곳에 집을 지었는데, 그곳이 바로 초록 지붕 집이었다.

“매슈와 마릴라는 참 별난 남매야. 그런 곳에서 외롭게 둘만 살고 있으니. 숲 속에서 새들이 쉴 새 없이 지저귄다고는 해도, 그들과 사람처럼 이야기를 나누며 지낼 수는 없잖아. 나라면 그런 곳에서는 단 하루도 견디지 못할 거야.”

사람들은 외진 오솔길의 초록 지붕 집에서 단둘이 살고 있는 매슈와 마릴라 남매를 조금은 엉뚱하다고 생각했다.

그런 매슈가 오늘은 웬일인지 잘 차려입고 어디론가로 마차를 몰아가고 있었다.

매슈는 늦은 오후, 6월의 따가운 햇살에 눈살을 찌푸리며 서둘러 마차를 몰았다.

“누가 저렇게 서둘러 마차를 모는 거지? 어머나, 저건 매슈 아냐? 외출이라곤 통 하지 않는 사람이 대체 어디를 저렇게 급하게 가는 걸까?”

마침 앞뜰에 핀 꽃들에게 물을 주기 위해 나와 있던 린드 부인이 매슈를 보고는 의아한 듯이 혼잣말을 했다.

‘대체 무슨 일이지? 급할 것 하나 없이 살아가는 매슈 남매에게 무슨 일이라도 생겼나?’

린드 부인은 치밀어 오르는 궁금증을 도저히 참을 수가 없었다.

린드 부인은 자신의 일뿐만 아니라 다른 사람의 일에도 신경 쓰기를 좋아하는 사람이었다. 교회 일이나 교회 학교 일, 재봉 모임 일을 도맡아 하면서 늘 이것저것 참견했다.

더구나 린드 부인의 집은 에이번리 거리를 따라 쭉 내려가면 우묵하게 들어간 땅에 아담하게 자리 잡고 있었는데, 그곳에서는 맞은편 언덕의 비탈진 곳까지 이어진 거리가 한눈에 보였다.

에이번리 마을을 드나드는 사람은 누구나 린드 부인의 집 앞에서 바라다보이는 언덕길을 지나가야 했기 때문에, 마을로 출입하는 사람은 누구든 린드 부인의 호기심 어린 관심을 피할 수 없었다.

'여기서 이럴 게 아니라, 초록 지붕 집으로 가서 무슨 일이 있는지 직접 알아보자.'

린드 부인은 꽃에 물을 주던 것을 내팽개치고, 자기 집에서 한참 떨어져 있는 초록 지붕 집을 향해 바삐 오솔길을 걸어갔다.

온갖 꽃들이 싱그럽게 피어 있는 초여름의 오솔길이 끝날 즈음, 초록 지붕 집이 보였다.

린드 부인은 뒤뜰을 가로질러 가서 초록 지붕 집 부엌문을 두드렸다.

마침 저녁 식사 때라 집 안쪽에서는 맛있는 음식 냄새가 흘러나오고 있었다.

"어머, 린드 부인, 이 시간에 웬일이에요? 곧 저녁때인데."

한창 저녁 식사를 준비하던 중이었는지, 마릴라는 허리에 두른 앞치마에 손을 닦으며 문을 열었다.

마릴라의 뒤쪽에 있는 식탁에는 저녁 식사가 준비되어 있었다. 접시가 세 개 놓여 있는 것으로 보아 틀림없이 매슈가 손님을 데려오는 것 같았다. 그런데 손님 접대라고 생각하기에는 음식이 평소에 먹는 것과 별 다를 바 없었고, 디저트도 설탕에 절인 사과밖에 없었다.

"아, 마릴라, 오늘은 유난히 날씨가 좋았잖아요. 산책이라도 할 겸 집을 나섰다가 마릴라 얼굴이라도 보고 가려고 들렀어요. 별일 없죠?"

린드 부인은 마릴라의 말을 막으며 집 안으로 불쑥 들어갔다.

"그래요, 어서 와요. 이리 앉아서 차 한잔 들어요."

마릴라는 준비해 놓은 차를 한 잔 따라 와 린드 부인 앞에 놓아 주었다.

마릴라와 린드 부인은 애버린 마을에서 이웃으로 친하게 지내는 사이였다. 두 사람은 성격이 전혀 달랐지만 사이가 꽤나 좋은 편이었다.

마릴라는 키가 큰 데다가 몸매가 마르고 각져서 겉보기에는 딱딱한 느낌을 주지만, 입가에는 늘 부드러운 미소가 감돌고 있는 여자였다.

작은 체구에 살집이 올라 있는 린드 부인이 수다를 떨 때면, 마릴라는 아무 말 없이 웃어 주곤 했다.

린드 부인은 호기심 가득한 눈으로 음식이 차려진 식탁을 보며 넌지시 물었다.

"어머, 오늘 손님이 오는 모양이죠? 난 그것도 모르고 무슨 큰일이라도 난 줄 알았어요. 좀 전에 매슈가 마차를 타고 급하게 어디론가 가기에, 혹시 마릴라가 아프기라도 해서 의사 선생님께 가는 것이 아닌가 했어요."

마릴라는 살며시 미소를 지었다.

'호기심 많은 린드 부인이 매슈 오빠가 나가는 것을 보고 당장 달려온 것임에 틀림없어. 저런, 얼마나 궁금했으면 한달음에 달려왔을까?'

마릴라는 온화하게 웃으며 말했다.

"맞아요. 오늘 우리 집에 손님이 올 거랍니다. 매슈 오빠는 그 손님을 마중하기 위해 브라이트 리버 역에 간 거예요."

린드 부인은 궁금함을 더는 참지 못하겠다는 듯 마릴라 앞으로 다가앉으며 물었다.

"손님이오? 여태껏 이 초록 지붕 집으로 찾아오는 손님은 한 명도 보지 못했는데, 대체 그 손님이란 사람이 누구예요?"

"이번에 고아원에서 작은 남자아이 한 명을 데려오기로 했거든요. 그 아이가 오늘 저녁 기차로 오기로 되어 있어요.

매슈 오빠와 나는 겨울 내내 의논을 했답니다. 지난해 크리스마스 며칠 전쯤에 스펜서 부인이 오셔서 봄이 되면 홉 타운의 고아원에서 여자아이 한 명을 데려올 생각이라고 말씀하시더군요. 그래서 매슈 오빠와 나도 의논을 한 끝에 스펜서 부인에게 열 살이나 열한 살 정도 되는 남자아이 한 명을 데려다 달라고 부탁하기로 했지요. 이제 매슈 오빠도 늙었고 심장병 때문에 쉽게 피곤해져서 일을 거들어 줄 남자아이가 필요했거든요. 스펜서 부인에게 부탁을 했더니, 오늘 저녁 5시 30분 기차로 남자아이를 데리고 온다고 전보를 보내오셨더군요. 그래서 매슈 오빠가 역까지 그 남자아이를 데리러 간 거예요."

마릴라의 말에 린드 부인은 깜짝 놀라며 마릴라를 뚫어지게 쳐다보았다. 그러고는 믿을 수 없다는 듯이 흥분해서 말했다.

"마릴라, 집에 함부로 사람을 들이다니요? 더군다나 고아원에서 막 자란 아이를요! 다시 한 번 생각해 봐요."

"린드 부인, 이미 매슈 오빠와 충분히 의논한 일이에요."

마릴라는 린드 부인의 말에 조금도 흔들림 없는 말투로 태연하게 대답했다.

린드 부인은 한층 더 소리 높여 말했다.

"마릴라, 생판 모르는 아이를 집안에 들여놓는다는 건 위험한 일이에요. 어떤 아이가 오게 될지 모르잖아요. 가문도 알 수 없고 성격도 전혀 모르고. 그건 굉장히 어리석은 짓이에요. 고아원에서 데려다 기른 아이가 집에 불을 지르거나 돈을 훔쳐 달아나는 일들이 하루가 멀다 하고 신문에 실리고 있다고요."

린드 부인은 마릴라의 기분이 어떨 거라는 것은 조금도 고려하지 않은 채, 자신의 생각을 거침없이 쏟아 놓았다.

마릴라는 그런 린드 부인의 태도에 조금은 언짢아진 듯이 말했다.

"린드 부인, 세상일이란 어떤 것이든 위험이 따라다니게 마련이에요. 일일이 걱정하다가는 끝이 없어요. 부인이 그렇게까지 말하니 나도 편치만은 않군요. 이 일은 매슈 오빠가 몹시 원했기 때문에 결정한 거예요. 물론 나도 동의했고요. 매슈 오빠가 그토록 원하는 일이니, 당연히 동생인 내가 동의해야 한다고 생각해요. 그럼, 이만 린드 부인도 저녁 식사 준비를 하러 집으로 돌아가는 게 좋겠어요."

마릴라는 자리에서 일어나 린드 부인을 바라보았다.

"마릴라, 미안해요. 마릴라를 화나게 하려고 한 말은 아니었어요. 난 그저 너무나도 걱정이 된 나머지 무심결에 한 말이에요."

린드 부인은 조금은 무안해 하면서 초록 지붕 집 문을 나섰다.

'매슈가 고아를 데리고 초록 지붕 집으로 돌아온다고? 정말 믿을 수가 없군. 저 초록 지붕 집안에 아이가 있다는 생각을 하는 것만으로도 이상한 기분이 드는걸. 지금까지 저 집에서는 아이의 그림자조차 본 적이 없어. 매슈와 마릴라는 초록 지붕 집에서 태어나서 지금까지 단둘이 살아왔잖아. 게다가 남매의 성격으로 봐서는 그들이 아이를 잘 돌볼 수 있을 것 같지 않으니 말이야. 저 집에 오게 될 아이가 불쌍해. 아, 이 놀라운 소식을 나만 알고 있을 수는 없지. 어서 벨 씨 집에 들러서 이 일을 이야기해 줘야겠어.'

린드 부인은 자신의 집이 아닌 벨 씨 집으로 발길을 돌렸다.

뜻밖의 손님

한편, 매슈는 조금은 긴장한 채로 브라이트 리버 역을 향해 마차를 몰고 있었다.

'어떤 아이가 오게 될까? 음, 튼튼해서 힘든 일도 거뜬히 할 수 있는 아이라면 좋으련만.'

이런 생각으로 머릿속이 어지러워지자, 매슈는 크게 숨을 들이쉬었다. 그러곤 고개를 돌려 주위를 둘러보았다.

초여름의 풍요로운 햇살 아래, 사과 과수원에서는 달콤한 꽃향기가 흘러넘치고 있었다. 게다가 멀리 보이는 목장은 보랏빛으로 흐릿하게 보이는 지평선과 하나로 어우러져 무척 아름다웠다.

‘애버린 마을은 참으로 아름다운 곳이야.’

그렇게 얼마간을 달려 매슈는 브라이트 리버 역에 도착했다.

‘어이쿠, 이런. 빨리 온다고 왔는데도 이미 기차가 도착해 버린 모양이군.’

기차는 보이지도 않고 역 안은 텅 비어 있었다. 때마침 매표소에 자물쇠를 채우고 집으로 돌아가려고 하는 역장을 붙잡고 물었다.

“역장님, 잠시만요. 혹시 5시 30분 기차가 이미 도착했나요?”

“이런, 매슈 씨, 5시 30분 기차는 벌써 30분 전에 지나갔습니다. 아 참, 그런데 매슈 씨를 찾는 손님이 한 명 있어요. 저기 자갈밭 위에 앉아 있는 여자아이예요.”

역장은 이렇게 말하며 손가락으로 건너편 자갈밭을 가리켰다.

매슈는 놀라서 눈이 휘둥그레졌다.

“여자아이라뇨? 오늘 오기로 한 아이는 남자아이인데요. 역장님께서 뭔가 착각을 하신 건 아닌가요?”

매슈는 당황해 하며 말했다.

“스펜서 부인이 노바스코샤에서 남자아이를 데려다 주기로 되어 있었거든요.”

“남자아이라고요? 글쎄, 무슨 실수가 있었는지는 몰라도 스펜서 부인은 여자아이와 함께 기차에서 내렸답니다. 그리고는 나에게 '매슈와 마릴라의 부탁을 받고 고아원에서 데리고 온 아이니까 매슈가 곧 데리러 올 거예요.'라고 하더니 다시 기차를 타고 가 버렸어요."

"그럴 리가 없을 텐데요. 우리는 분명히 남자아이를 원한다고 스펜서 부인에게 전했거든요."

매슈는 난처한 표정으로 자갈밭을 건너다보았다.

"여기서 이럴 게 아니라, 직접 저 아이에게 물어보세요. 저 아이라면 남자아이 대신에 어째서 자신이 오게 되었는지 알고 있을지도 모르니까요. 그럼, 저는 이만 퇴근해야겠군요. 이미 저녁 식사 시간에 늦었답니다."

역장은 이렇게 말하고는 서둘러 집으로 돌아갔다.

매슈는 더는 어쩌지 못하고 자갈밭을 향해 걸어갔다. 성격이 내성적인 매슈는 아이에게 어떻게 말을 건네야 할지 난감했다.

쭈뼛거리며 매슈가 자갈밭에 발을 들여놓자, 여자아이는 반가움이 가득한 눈을 동그랗게 뜨고는 매슈를 올려다보았다.

여자아이는 열한 살쯤 되어 보였고, 몹시 마른 몸매를 하고 있었다. 또한 입고 있는 옷은 볼품없을 뿐만 아니라 길이가 깡충하니 짧은 것이 꽤나 갑갑해 보였다.

빛이 바랜 해군 모자 아래로는 유난히 짙은 빨간 머리카락이 두 갈래로 길게 늘어뜨려져 있었다. 마르고 작은 얼굴은 주근깨투성이였고 입과 눈은 큰 편이었는데, 눈은 불빛 탓인지 초록으로 보였다 회색으로 보였다 했다.

그러나 이 여자아이에게는 특별한 점이 있었다.

매슈가 좀 더 주의를 기울여 꼼꼼하게 그 아이를 들여다보았을 때, 그는 알 수 있었다.

'이 여자아이는 눈에 생기가 넘쳐. 입술이 예쁘고 야무진 데다 이마가 넓군. 그리고 특별한 영혼의 향기를 지니고 있어.'

매슈는 여자아이를 살피느라 가까이 다가가 말을 걸 생각도 하지 못하고 있었다.

그때, 여자아이가 낡은 손가방을 들고 일어서더니 한쪽 손을 내밀며 밝은 목소리로 인사를 했다.

"안녕하세요? 아마도 초록 지붕 집에서 오신 매슈 커스버트 씨겠지요? 이곳에서 한참을 기다렸어요. 늦게나마 이렇게 뵙게 되어 정말 기뻐요. 사실은 말이죠, 조금 전까지 저는 걱정을 많이 하고 있었답니다. 혹시나 저를 데리러 오시지 않으면 어떡하나 하고 말이에요. 이렇게 오신 걸 보니, 제 걱정이 쓸데없는 짓이었단 걸 알겠어요. 그래도 혹시나 오늘 역으로 저를 데리러 오시지 않는다면 어디에서 하룻밤을 보낼까 고민했어요. 음, 그렇게 된다면 아마도 저 모퉁이에 있는 큰 벚꽃나무 위가 적당하겠지요? 달빛을 받으며 하얗게 핀 벚꽃 속에서 자는 것은 멋진 일일 테니까요. 하지만 오늘 못 오시더라도 내일 아침에는 꼭 데리러 오실 거라고 생각하고 있었어요.”

여자아이는 쉴 새 없이 떠들며 해맑은 웃음을 지었다.

“오, 그랬구나.”

매슈는 여자아이가 내민 손을 가만히 흔들었다.

“그래, 나도 너를 만나서 무척이나 반갑단다.”

하지만 매슈는 이제 어떻게 해야 좋을지 망설일 수밖에 없었다.

‘이 아이는 자신이 잘못 왔다는 것을 모르고 있어. 만약 우리가 원했던 남자아이가 아니라고 해서 이 아이를 그냥 역에 내버려 두고 간다면 이 아이는 실망할 테지. 휴우, 도통 모르겠다. 어쨌든 이 아이를 집으로 데리고 간 다음, 이 아이를 어떻게 할지 마릴라와 의논해 봐야겠어.’

매슈는 조금은 쑥스러운 듯이 여자아이의 가방을 받아 들었다.

“가방은 이리 다오. 너는 어서 마차에 오르렴. 우리는 이미 저녁 시간에 늦었단다. 서둘러 돌아가야 해.”

“저녁이라고요? 와! 제가 오기를 기다려 저녁 식사 준비를 해 놓으셨다니, 정말이지 너무나 기뻐요!”

아이는 기뻐하며 마차 주위를 뱅글뱅글 돌았다.

그러곤 가뿐히 마차에 오르며 매슈에게 당부했다.

"참, 매슈 씨, 가방을 다룰 때 조심해 주세요. 가방 안에는 저의 전 재산이 들어 있거든요. 가방이 낡아서 손잡이가 툭 끊어지기라도 하면 큰일이에요. 제가 있던 고아원에서도 아이들이 몹쓸 장난을 해서 벌써 여러 번 가방 손잡이가 떨어졌거든요."

여자아이는 키득키득 웃으며 말을 이었다.

"어쨌든 아저씨가 저를 데리러 와 주셔서 정말 기뻐요. 그리고 아저씨랑 함께 마차를 타고 가는 것도 좋고요. 저는 마차 타는 걸 참 좋아 하는데 그동안은 아쉽게도 타 볼 기회가 그리 많지 않았어요. 아저씨도 짐작하시겠지만 고아원 생활이 그리 좋은 것은 아니니까요. 저는 고아원이 너무 싫었어요. 물론 고아원 사람들은 모두 좋은 사람들이었어요. 그렇지만 그곳에서는 아무것도 상상할 만한 것이 없어요. 어머나, 그리고 보니 제가 말을 너무 많이 한 것은 아닌가요?"

갑자기 여자아이는 얼굴을 붉히며 조그만 소리로 말했다.

"저는 지금까지 가족이라고는 단 한 사람도 없었거든요. 기차에서 스펜서 아주머니가 이렇게 말을 많이 하는 것은 좋지 않다고 말씀하셨지만, 매슈 씨를 만난 기쁨에 저도 모르게 이것저것 말을 많이 늘어놓았네요."

여자아이는 여기서 이야기를 멈추었다. 숨이 차기도 했지만 그보다는 마차가 비탈진 언덕을 지나 꽃이 아름답게 핀 산벚나무와 곧게 뻗은 자작나무가 줄지어 서 있는 거리를 달리기 시작했기 때문이었다.

여자아이는 주위의 아름다운 풍경에 취한 듯 두리번거리며 탄성을 질러 댔다.

그리고 잠시 후, 더는 풍경의 아름다움을 참을 수 없었는지 여자아이는 다시 이야기를 하기 시작했다.

"어머, 저쪽에도 벚꽃이 피어 있네요. 이 섬은 꽃으로 가득 차 있는 것 같아요. 정말 너무 행복해요. 전부터 프린스에드워드 섬이 전 세계에서 가장 아름다운 곳이라고 들어 왔기 때문에 제가 그곳에서 사는 모습을 곧잘 상상하곤 했어요. 그런데 그 상상이 정말로 이렇게 이루어질 줄이야."

매슈는 살짝 고개를 돌려 여자아이를 쳐다보았다.

들뜬 여자아이의 뺨은 붉게 물들어 있었다.

"이곳의 아름다운 풍경에 유난히 제가 어울리지 않는 것처럼 느껴져요. 그건 아마도 지금 제가 입고 있는 이 낡은 옷 때문일 거예요. 저는 오늘 아침 고아원을 나올 때 몹시 부끄러웠어요. 너무 오랫동안 입어서 낡아 빠진 이 옷을 입고 와야 했거든요. 우리 고아원에 있던 아이들은 모두 이런 옷을 입어야 했어요. 이 옷을 입고 기차를 탔더니 모두가 불쌍하다는 듯이 저를 쳐다보는 것 같아서 무척 부끄러웠어요."

여자아이는 풀이 죽은 표정으로 고개를 숙인 채 말했다.

"그래서 저는 상상을 해야 했어요. 제가 세상에서 가장 아름다운 옷을 입고 있는 상상 말이에요. 상상 속에서 저는, 우아하고 아름다운 하늘색 비단옷에 하늘하늘한 깃털 장식이 가득 꽂힌 모자를 쓰고, 손에는 금시계를 차고 송아지 가죽으로 만든 장갑과 구두를 신고 있었어요. 결국 그 덕택에 섬에 올 때까지는 즐거운 마음으로 올 수 있었어요."

여자아이는 잠시 말을 그치고 매슈를 바라보았다.

"저어, 아저씨, 제가 말이 너무 많지요? 늘 모두에게서 그런 말을 듣고 있어요. 만약 제 말이 듣기 싫으시다면 그만하라고 말씀하세요. 전 괜찮으니까요."

"아니다, 애야. 계속 이야기를 하렴. 나는 아무렇지도 않으니까."

매슈는 스스로도 놀라고 있었다. 여자아이와 함께 마차를 타고 오는 동안에 자신도 모르게 기분이 유쾌해져 있었던 것이다.

'내가 누군가와 대화를 하며 이렇게 기분이 좋았던 적이 있던가? 그런 내가 이 아이의 이야기를 즐겁게 들을 수 있으리라는 것은 꿈에도 생각하지 못했던 일이야.'

그동안 대부분의 여자아이들은 말을 건네려고 했다가도, 매슈의 무표정한 얼굴에 말 한번 붙이지도 못 하고 곁눈질을 하면서 조심조심 옆을 지나가곤 했기 때문이다.

그런데 이 여자아이는 그동안의 여자아이들과는 달리 이것저것 끊임없이 매슈에게 말을 건네고 있었다.

매슈는 어쩐지 이 아이의 수다스러움이 싫지가 않았다.

혹시나 매슈가 언짢아 하고 있는 것은 아닌가 걱정스런 눈으로 쳐다보던 여자아이는 금방 얼굴이 밝아지며 소리쳤다.

"제 수다가 거슬리지 않는다는 게 정말이세요? 와! 매슈 씨와 저는 어쩐지 서로 통하는 게 많은 것 같아요. 그동안은 말이에요, '여자아이는 얌전하게 있는 것이 보기가 좋으니까 떠들지 마라.' 하고 혼나는 것이 예사였거든요. 그리고 제가 지나치게 감상적이고 상상력이 풍부해서 종종 다른 사람들을 당황스럽게 한다는 꾸중도 자주 들었답니다. 하지만 그래도 저는 어쩔 수가 없는걸요. 제 머릿속에 멋진 생각이 떠올랐을 때 말로 표현하지 않으면 견딜 수가 없거든요."

여자아이의 말에 매슈는 터져 나오는 웃음을 간신히 참았다.

"지금 너를 보니 그랬을 것 같구나."

두 사람이 탄 마차는, 뉴브리지 사람들이 가로수길이라고 부르는 길을 달리고 있었다. 길 양쪽에는 커다란 사과나무가 줄지어 서 있었는데, 눈처럼 새하얗고 향기 좋은 꽃을 피운 가지들

이 길 위를 덮을 듯이 뻗어 나와 긴 터널을 이루고 있었다.

어느새 나뭇가지 아래로 보랏빛 땅거미가 지기 시작했고, 저 멀리에서 장밋빛으로 물든 저녁노을이 붉게 빛나고 있었다.

여자아이는 의자에 기대어 손을 맞잡고 머리 위의 흰 꽃을 황홀한 표정으로 계속 바라보고 있었다. 여자아이는 이상하게도 오랫동안 말이 없었다.

여자아이가 떠들지 않는 것이 도리어 걱정이 된 매슈는 헛기침을 한 번 한 다음 아이에게 말을 걸었다.

"오랜 시간 기차를 타고 오느라 무척 피곤하고 배도 고프지? 조금만 참아라. 이제 곧 도착할 거야. 마릴라가 우리를 위해 맛있는 저녁 식사를 준비해 놓았을 게다."

매슈의 말을 들은 여자아이는 꿈속을 헤매는 것 같은 눈으로 매슈를 바라보며 말했다.

"아, 이곳은 마치 하늘에 있는 숲길 같아요. 매슈 씨, 마을 사람들은 이 길을 뭐라고 부르나요?"

"음, 우리는 이 길을 가로수길이라고 부르지."

매슈는 머리 위로 흐드러진 사과꽃을 올려다보며 말했다.

여자아이는 실망했다는 표정으로 말했다.

"가로수길이라고 부른다고요? 어머나, 이렇게 아름다운 길을 그저 가로수길이라고 부르다니요. 정말이지 이 길에는 어울리지 않는 이름이에요. 이 길은 아름답다는 말로도 부족하고, 적당한 표현을 찾을 수 없을 정도로 멋진걸요. 가로수길이란 이름 대신에 저는 더 멋진 이름을 붙여 주겠어요.

매슈 씨, 저는 이 길을 '기쁨의 하얀 길'이라고 부르겠어요. 어때요? 시적이고 아주 멋진 이름이지요? 이제 이 길은, 기쁨의 하얀 길이에요."

여자아이가 숨 돌릴 사이도 없이, 아이의 눈앞에는 또다시 아름다운 풍경 하나가 펼쳐졌다.

그것은 언덕 아래쪽으로 가늘고 길게 펼쳐져 있는 호수였다. 호수 주위에는 여러 가지 꽃이 어우러져 피어 있었는데, 저녁 안개 사이로 보이는 그 풍경은 이 세상의 것이라고는 생각되지 않을 정도로 아름다웠다.

여자아이는 호수의 아름다움에 취했는지 자신도 모르게 두 손을 모아 쥐고는 소리쳤다.

"아, 매슈 씨! 저것은 '빛나는 호수'가 틀림없어요. 제 상상 속에서 보아 오던 '빛나는 호수'를 드디어 제 눈으로 직접 보게 되는군요!"

매슈는 여자아이의 감탄에 살짝 웃으며 말했다.

"하지만 얘야, 마을 사람들은 모두 이 호수를 '배리 호수'라고 부른단다. 호수 옆에 있는 큰 집에 배리 씨가 살고 있는데, 오랜 세월 동안 배리가의 사람들이 저 호수 옆에서 살아왔기 때문에 사람들은 저 호수를 '배리 호수'라고 부르는 거란다.

참, 배리 씨 집에도 네 또래의 여자아이가 있단다. 열한 살 정도의 여자아인데, 이름은 다이애나라고 해."

매슈는 이렇게 말하고는 손가락으로 호수 건너편에 있는 배리 씨의 집을 가리켰다.

"어머, 그것 참 잘된 일이군요. 다이애나라…… 예쁜 이름이에요. 저도 그렇게 예쁜 이름을 가졌다면 좋았을 텐데……."

여자아이는 몹시 슬픈 듯한 표정으로 한숨을 쉬었다. 그러고는 빨간 머리칼을 등 뒤로 넘기며 말했다.

"제 이름만큼이나 저를 불행하게 만드는 게 또 있어요. 매슈 씨는, 제 머리카락 색깔이 무슨 색인 줄 아세요? 이건 빨간색이에요. 이제 제가 늘 행복할 수만은 없는 이유를 아시겠지요? 빨간 머리는 제 삶에서 가장 큰 슬픔이에요."

"머리 색이 빨갛다는 게 어떻다는 게냐?"

"매슈 씨, 이해를 못하시는군요. 저는 다른 것은 그렇게 신경 쓰지 않아요. 예를 들면, 주근깨나 초록 눈 같은 것은 상상만으로 충분히 없앨 수 있거든요. 피부는 장밋빛이고 눈은 별처럼 짙은 보랏빛이라고 상상하면 되지만, 이 빨간 머리만은 어쩔 도리가 없어요. 내 머리카락이 까만 밤하늘과 까마귀 털처럼 검다고 아무리 믿으려고 해도 빨간색이라는 것이 떨쳐지지가 않아서 가슴이 터질 것만 같아요."

여자아이는 금방이라도 울음을 터뜨릴 것 같은 얼굴로 울먹이며 말했다.

어느덧 해는 지고, 두 사람은 붉은 기운마저 사위어 가는 저녁녘을 달리고 있었다. 그들은 저녁노을 속에서도 마을 전체를 한눈에 내려다볼 수 있었다.

마차가 모퉁이를 돌아 가로수길의 끝에 다다르자, 매슈가 큰 소리로 말했다.

"자아, 이제 다 왔다. 저기가 바로 초록 지붕 집이란다."

여자아이는 천천히 주위를 둘러보다가 이윽고 숲 뒤에 있는 집 한 채를 발견했다. 약간 색이 바랜 듯한 초록 지붕 집이 조용하게 흐르는 시냇물 옆에 서 있었다.

"매슈 씨, 정말로 멋진 집이에요! 저는 지금껏 저런 집에서 가족들과 함께 사는 꿈을 꿔 왔답니다. 마치 꿈을 꾸는 것만 같아요. 아침부터 팔을 몇 번이나 꼬집었는지 몰라요. 아아, 저것 보세요! 부엌 창으로 흘러나오는 불빛이 무척 따뜻하게 느껴져요. 그리고 저 시냇물 말이에요. 제 소망 중 하나는 시냇물 근처에 사는 것이었어요. 그런데 그것이 이루어지다니, 정말 행복해요!"

여자아이는 다시 한 번 자신의 팔을 꼬집으며 기뻐했다.

매슈는 흐뭇한 표정으로 마차를 몰았다.

두 사람이 탄 마차가 초록 지붕 집 뒷마당으로 들어섰을 때는 이미 짙은 어둠이 깔린 뒤였고, 바람결에 하늘거리는 포플러 잎사귀만이 희미하게 보였다.

"이곳에 있는 나무들은 벌써부터 잠을 청하는 것 같아요. 나뭇잎이 흔들리는 게 꼭 소곤소곤 잠꼬대하는 것처럼 보이니……."

매슈는 연신 감탄사를 늘어놓는 여자아이를 번쩍 안아서 마차 아래로 내려 주었다.

'이 어린 소녀는 이토록 자신의 집을 원하고 있는데, 우리가 원했던 아이가 아니었다는 사실을 알고 나면 얼마나 실망하게 될까? 크게 실망해서 울음을 터뜨릴지도 모르겠군. 이건 마치 죄 없는 어린 짐승에게 고통을 주는 것과도 같아.'

사실, 매슈는 초록 지붕 집으로 오는 동안 불안감 때문에 고삐 쥔 손을 허둥대야 했다.

이런 매슈의 마음을 알지 못하는 여자아이는, 초록 지붕 집을 올려다보며 더는 말을 잇지 못할 정도로 기뻐 했다. 아이는 숨을 한 번 크게 들이쉬었다.

그러고는 자신의 전 재산이 들어 있는 가방을 꼭 안고 매슈의 뒤를 따라 초록 지붕 집으로 향했다.

"자아, 마릴라가 기다리겠구나. 어서 들어가자."

여자아이와 함께 문 앞에 선 매슈는 환한 불빛이 새어 나오는 문을 두드렸다.

운명의 장난

"매슈 오빠, 왜 이렇게 늦은 거예요? 얼마나 기다렸다고요."

매슈가 문을 두드리자, 마릴라가 서둘러 문을 열었다. 그러나 반가움도 잠시였다.

마릴라는 빨간 머리의 어린 여자아이를 보는 순간 놀란 표정으로 매슈에게 물었다.

"웬 여자아이에요? 매슈 오빠, 오늘 오기로 한 아이는 남자아이잖아요?"

"그게 말이다, 마릴라. 나도 이게 어떻게 된 일인지 모르겠구나. 부랴부랴 역으로 달려가 보니 남자아이 대신에 이 여자아이가 있더구나. 그래서 내가 역장님께 물어보니, 스펜서 부인이 데리고 온 아이는 이 여자아이뿐이라는구나. 일이야 어찌되었든 실수가 있었다고 해서 이 아이를 그냥 역에 내버려 두고 올 수는 없지 않겠니? 나머지 일은 차차 의논하기로 하고, 우선 이 아이가 지치고 허기졌을 테니 저녁부터 먹도록 하자.”

매슈는 당황하며 얼버무렸다.

“그럴 리가 없어요, 오빠. 분명히 스펜서 부인에게 남자아이를 데려다 달라고 전했을 텐데. 당장 이 일을 스펜서 부인에게 알려야 해요.”

매슈와 마릴라는 생각지도 못 한 여자아이가 오게 된 일에 당황스러워 하면서 이야기를 나누었다.

그때였다.

“그, 그랬군요. 두 분이 원한 건 제가 아니었군요.”

매슈와 마릴라의 이야기를 잠자코 듣고 있던 여자아이가 별안간 들고 있던 가방을 힘없이 떨어뜨렸다. 그러고는 기운을 잃고 무너지듯이 의자에 주저앉더니, 옆 탁자에 엎드려 와락 울음을 터뜨렸다.

“이렇게 될 줄 알았어요. 지금까지 저를 원했던 사람은 아무도 없었거든요. 어릴 적부터 지금까지 저는 여러 곳을 떠돌아다녀야 했어요. 이젠 정말 내가 있을 곳을 찾은 줄로만 알았는데…… 아아, 이제 어쩌면 좋아요?”

매슈는 서럽게 울기 시작하는 여자아이를 어찌해야 할지 몰라 당황스럽기만 했다.

매슈는 어떻게든 해 보라는 표정으로 마릴라를 쳐다보았다.

잠시 뒤, 마릴라는 울고 있는 여자아이의 곁으로 다가갔다.

"미안하구나. 네가 옆에서 듣고 있다는 것을 생각했어야 했는데, 미처 그러지를 못 했어. 얘야, 그만 울음을 그치도록 해라."

"울음을 그치라니요? 이제 저는 다시 고아원으로 돌려보내질 텐데, 어떻게 울음을 그칠 수가 있겠어요? 만일 아주머니가 고아이고, 가족이 생기리라는 희망을 품고 앞으로 살게 될 집에 도착했는데, 자신이 그 집에 필요 없는 아이란 사실을 알게 되었다면 그렇게 아무렇지도 않게 말씀하실 수 있겠어요? 아마 아주머니도 저와 마찬가지로 절망에 빠진 나머지 틀림없이 슬픔의 눈물을 흘리셨을 거예요."

여자아이는 눈물로 범벅이 된 얼굴로 입술을 바들바들 떨며 말했다.

그 순간, 마릴라는 자신이 웃으면 안 되는 줄 알면서도 여자아이의 말이 너무나 재미있다는 생각에 웃음이 나와, 그것을 참으려고 고개를 돌려 버렸다.

마릴라는 이내 부드러운 표정을 지었고, 어느새 입가에는 희미한 미소마저 떠올랐다.

"참 재미있는 아이로구나. 오늘 밤 당장 너를 내쫓지는 않을 테니까, 이제 그만 울음을 그치렴. 그리고 음식이 식기 전에 어서 저녁 식사부터 하자꾸나."

여자아이는 마릴라의 말에 울음을 그치고 잠시 망설였다. 그런데 여자아이는 아무것도 먹을 수가 없었다.

마릴라는 식어 버린 스프를 다시 데워 오며 물었다.

"왜 먹지 않는 거니?"

"먹을 수가 없어요. 저는 절망의 구렁텅이에 빠진걸요. 아주머니는 절망의 구렁텅이에 빠져 있을 때, 음식을 드실 수 있겠어요? 아마 지금 제 앞에 초콜릿 캐러멜이 있다고 해도 먹을 수 없을 거예요. 2년 전에 딱 한 번 초콜릿 캐러멜을 먹어 봤는데, 여태껏 제가 먹어 본 음식 중에 최고로 맛있는 음식이었어요. 아, 제가 저녁을 먹지 않는다고 해서 기분 나쁘게 생각하지는 마세요. 맛은 좋아 보이지만 그래도 넘어가지가 않는걸요."

마릴라는 엉뚱하기 짝이 없는 여자아이의 말에 멍하니 매슈의 얼굴을 쳐다보았다.

그런데 매슈는 여자아이의 말이 재미있다는 듯 연신 미소만 짓고 있을 뿐이었다.

마릴라는 다시 여자아이에게 말했다.

"글쎄다, 얘야. 나는 지금까지 살아오면서 절망의 구렁텅이에 빠져 본 적이 없기 때문에 너에게 뭐라고 말해야 좋을지 모르겠구나. 어쨌든 먹기 싫다면 먹지 않아도 좋다. 그나저나 너의 이름은 뭐니?"

"저, 죄송한데, 제 본명은 아니지만 굉장히 우아하고 아름다운 이름으로 불러 주시면 안 될까요? 코딜리아처럼 아름다운 이름으로요."

조심스러운 여자아이의 대답에 마릴라는 기가 막혔다.

"이런……, 우아하고 아름다운 이름으로 불러 달라니……. 나는 네가 무슨 말을 하는 건지 통 모르겠구나. 나는 그저 네가 어릴 적부터 불려 온 이름을 알고 싶은 거란다."

그러자 여자아이는 마지못해 대답했다.

"네……, 제 이름은 앤 셜리예요. 그런데 어차피 저는 이곳에 잠시만 머물 거잖아요. 여기 있는 동안만이라도 다른 이름으로 불러 주세요."

"그게 무슨 소리니? 앤이란 이름은 부르기 쉽고 기억하기도 쉬운, 참으로 좋은 이름이야. 그러니 나는 너를 앤이라고 부르겠다."

마릴라는 앤의 말에 더 대답하지 않고 말을 이었다.

"너도 아까 우리 이야기를 들었겠지만 우리는 스펜서 부인에게 남자아이를 보내 달라고 전갈을 보냈단다. 그런데 어째서 네가 오게 된 건지 우리는 도무지 알 수가 없구나. 혹시 네가 거기에 대해 무언가 알고 있는 것은 없니?"

앤은 다시 절망스러운 표정으로 말했다.

"저는 아무것도 알지 못하는걸요. 얼마 전, 스펜서 부인이 저희 고아원에 오셔서는 열한 살 정도의 여자아이를 부탁받았다고 말씀하셨어요. 고아원 원장 선생님은 저를 스펜서 부인에게 추천했지요. 저는 너무 기뻐서 밤새도록 한잠도 못 잤어요. 그런데 저를 원했던 게 아니시라니 정말이지 믿을 수가 없어요."

앤의 모습을 지켜보던 매슈는 마릴라의 어깨를 두드리며 말했다.

"마릴라, 이제 그만하렴. 남은 이야기는 내일 하도록 하자꾸나. 이 아이가 몹시 피곤해 보이는데, 어서 재우는 것이 좋겠다."

"그래요, 그게 좋겠어요. 가만 있자, 이 아이를 어디에 재우면 좋을까? 옳거니, 거기라면 네가 머물러도 괜찮겠구나."

앤을 2층의 동쪽 방에서 재우기로 한 마릴라는 촛불을 켠 뒤 앤을 데리고 층계를 올라갔다.

앤은 아무 말 없이 마릴라의 뒤를 따라 2층으로 올라갔다.

마릴라를 따라 들어간 방은 온통 하얀색으로 칠해져 있는 썰

령한 방이었다. 방에는 아무런 장식도 없이 옷장과 침대만 덩그러니 있을 뿐이었다.

"앤, 오늘은 여기서 잠을 자도록 해라. 먼 길을 오느라 피곤했을 테니 빨리 잠옷으로 갈아입고 침대로 들어가렴."

마릴라는 방을 나서며, 린드 부인에게 들은 말이 떠올라 이렇게 덧붙였다.

"그리고 말이다. 조금 있다가 내가 직접 촛불을 가지러 오마. 너에게 촛불을 끄고 자라고 하면 자칫 불을 낼지도 모르니까."

마릴라는 앤에게 이렇게 말하고 방을 나갔다.

마릴라가 방을 나가자마자 앤은 침대 위로 쓰러지듯 드러누웠다. 앤은 서글프게 흐느껴 울면서 이불을 머리까지 뒤집어썼다.

그리고 잠시 뒤 마릴라가 촛불을 가지러 다시 2층 방에 올라왔을 때 앤은 머리끝까지 이불을 뒤집어쓴 채 침대 위에 누워 있었고, 방바닥에는 낡아 빠진 옷만이 아무렇게나 벗어 던져져 있을 뿐이었다.

'내 참, 이 아이는 옷을 단정하게 접어 놓을 줄 모르는 모양이로구나.'

마릴라는 가볍게 한숨을 내쉬면서 천천히 옷을 주워 모아 의자 위에 올려놓았다.

"앤, 자는 거니?"

앤은 아무 대답이 없었다.

마릴라는 촛불을 집어 들고는 침대 옆으로 다가가 낮은 목소리로 말했다. 그것은 약간은 쑥스러운 듯하지만, 어딘지 모르게 상냥함이 어린 목소리였다.

"좋은 꿈 꾸렴."

마릴라가 방을 나가는 소리가 들리자, 앤은 이불을 걷어 내고 눈을 커다랗게 떴다.

그러나 또 눈물이 솟구치는지 다시 이불을 뒤집어쓰고는 소리 내어 울기 시작했다.

마릴라와 매슈는 앤이 자러 간 사이, 이 아이를 어떻게 할 것인지에 대해 이야기했다.

매슈는 답답한지 아까부터 담배만 피우고 있었다.

"매슈 오빠, 오빠는 정말 이대로 앤을 이 집에 내버려 둘 생각이에요? 우리 형편에 남자아이도 아닌 여자아이를 거둘 수 있겠어요? 내일 당장 스펜서 부인 댁으로 가 봐야겠어요. 저 아이를 다시 고아원으로 돌려보내든 다른 곳으로 보내든 스펜서 부인과 의논해 봐야 하니까요."

마릴라는 이번 일이 크게 잘못된 것에 화가 나는지 목소리를 높였다.

매슈의 얼굴에는 무언가 할 말이 있으나 차마 하지 못하고 있는 기색이 역력했다.

마릴라의 불평을 듣다 못한 매슈가 한마디 했다.

"마릴라, 너도 보았듯이 앤은 참으로 귀엽고 사랑스러운 아이야. 앤이 저렇게도 이곳에 있고 싶어 하는데 저 아이를 돌려보내야겠니? 저 아이가 실망하는 얼굴을 보고 어떻게 그럴 수가 있겠어?"

"매슈 오빠, 지금 무슨 말을 하는 거예요? 설마 저 아이를 맡아서 돌보자는 것은 아니겠지요?"

매슈는 다그쳐 묻는 마릴라를 보며 곤란한 듯 우물거렸다.

"우리 형편이 넉넉하지는 않지만, 저 아이를 돌보지 못할 정도는 아니지 않니? 우리가 저 아이를 돕지 않으면 다시 고아원으로 돌아가 외롭고 힘든 생활을 계속해야 할지도 몰라."

"매슈 오빠, 그게 지금 우리 형편에 가당하기나 한 이야기인가요? 우리는 오빠의 일을 거들어 줄 남자아이가 필요하다고요. 저는 저 아이를 이곳에 있게 할 생각이 전혀 없어요. 저 아이가 우리에게 무슨 도움이 되겠어요?"

매슈가 한 뜻밖의 말에 마릴라는 더욱 화가 나서 더는 말을 하지 않고 묵묵히 설거지를 하러 갔다.

매슈는 마릴라를 설득하려 했지만 별 효과가 없자, 피우던 담배를 비며 끄고는 자리에서 일어섰다.

"밭일을 거들어 줄 남자아이는 마을 사람들에게 부탁해서 고용하면 돼. 어찌됐든 앤의 문제는 네 마음대로 해, 마릴라. 네가 그렇게도 저 아이를 돌보기가 싫다면 할 수 없지. 난 그만 자야겠다."

매슈는 침실로 가면서 오늘 역에서 앤을 만나 함께 집으로 오던 때를 생각했다.

'앤은 참으로 귀여운 아이야. 마릴라가 앤이 역에서 오던 길에 했던 이야기를 모두 들었다면 아마도 마음이 바뀌었을 텐데…….'

매슈는 안타까운 얼굴로 자신의 방으로 들어갔다.

지난밤, 앤은 2층의 동쪽 방에서 홀로 늦게까지 울다가 지쳐 잠들었다.

그리고 다음 날 아침, 앤이 눈을 떴을 때는 아침 햇살이 새들의 지저귐과 뒤섞여 방 안 가득 쏟아지고 있었다.

앤은 침대에서 벌떡 일어나 창문을 밀어젖히고 바깥을 바라보았다.

큰 벚나무 가지가 창문에 닿을 만큼 가까이에 뻗어 있었고, 벚나무에는 흰 꽃이 흐드러지게 피어 있었다. 집의 양 옆으로는 과수원이 있고 마당 한쪽에는 들판이 펼쳐져 있었으며, 그 아래쪽으로는 시냇물이 흐르고 있었다.

시냇물을 따라 한참을 내려가다 보면 푸른 언덕이 보였는데, 앤은 넋을 잃고 그 아름다운 풍경을 바라보았다.

“아 참, 나는 이곳에 오래 머물 수가 없구나. 이 아름다운 풍경들과도 만나자마자 이별해야 하는구나.”

앤은 다시금 눈물이 솟구칠 것처럼 가슴이 아팠다.

그때였다.

똑똑, 방문을 두드리는 소리가 들리더니 마릴라가 들어왔다.

“앤, 벌써 해가 중천에 떠올랐단다. 어서 옷을 갈아입고 아침 식사를 하러 내려오너라.”

마릴라는 다소 무뚝뚝한 목소리로 말했다.

앤은 어젯밤 마릴라가 다소곳하게 개어 놓은 자신의 옷을 물끄러미 바라보았다.

부엌으로 내려온 마릴라는 앤의 아침 식사를 준비하기 시작했다.

한참 뒤에야 말끔히 단장한 앤이 모습을 드러냈다.

“무얼 하느라 이제야 내려온 거니? 어서 앉아라. 어제저녁부터 아무것도 먹지 않았으니 무척이나 배가 고플 거다.”

앤은 마릴라가 권하는 의자에 미끄러지듯 들어가 앉으면서 말했다.

“마릴라, 사실 오늘 아침에는 몹시 배가 고파요. 어젯밤에는
이 세상 전부가 황야로 변해 버린 듯한 기분이 들어서 아무것도
먹을 수가 없었는데, 오늘 아침은 이곳의 아름다운 풍경들 때문
에 기분이 좋아졌거든요. 그래서인지 참을 수 없을 만큼 배가
고프답니다.”

마릴라는 갓 구워 낸 빵을 입에 넣으며 말했다.

“네 기분이 좀 나아졌다니 다행이로구나. 그래도 식사 시간
에는 조용히 하렴. 음식을 먹으면서 말을 많이 하는 건 예의에
어긋나는 행동이야.”

“그건 저도 잘 알고 있어요. 하지만 이렇게 멋진 풍경을 두고
어떻게 한마디도 찬사를 하지 않을 수가 있나요? 이곳의 모든
것이 다 멋져요. 정말로 아름다운 곳이라고요. 제 상상으로도
이렇게 아름다운 곳을 그려 볼 수는 없을 거예요. 오늘 아침에
는 절망의 구렁텅이에 빠져 있지 않아요. 아침이 있다는 건 근
사한 일이잖아요. 그래도 조금은 슬퍼요. 지금 막, 이 집에서 원
했던 아이는 역시 나였고, 언제까지고 이 아름다운 곳에서 살
수 있게 되었다고 상상하던 참이었거든요. 그 상상이 계속되는
동안에는 무척 즐거웠는데, 상상에서 깨어나 현실로 돌아오니
너무도 비참해요.”

앤은 쉴 새 없이 말을 늘어놓았다.

마릴라는 갑자기 큰 소리로 말했다.

"앤, 이제 그만하렴. 네 수다는 이미 충분히 들었다. 어서 아침 식사를 해라. 오늘은 처리해야 할 일들이 많을 것 같으니까 말이다."

마릴라가 앤을 꾸짖었다.

그러자 앤은 시키는 대로 입을 꾹 다물고 식사가 끝날 때까지 말 한마디 하지 않았다.

잠시 뒤, 아침 식사가 끝나자 앤은 자신이 먹은 그릇을 들고 일어서며 말했다.

"설거지는 제가 할게요."

마릴라는 도무지 마음이 놓이지 않는다는 투로 앤에게 물었다.

"그릇을 깨트리지 않고 잘 씻을 수 있겠니?"

"문제없어요. 제가 더 잘하는 일은 어린아이를 돌보는 일이지만, 이 집에는 제가 돌볼 아이가 없으니까요."

"글쎄다. 나는 아이라고 하면 벌써부터 머리가 지끈거리는구나. 그릇은 뜨거운 물을 써서 깨끗이 씻어야 한다. 설거지가 끝나면 너를 데리고 스펜서 부인 댁으로 갈 생각이니 2층으로 가서 침대를 말끔하게 정리해라. 너를 어떻게 하면 좋을지 스펜서 부인과 의논해야 할 것 같구나."

앤은 마릴라의 말에 금세 풀이 죽은 채로 설거지를 시작했다.

마릴라는 뒤에서 멀찌감치 앤이 설거지하는 모습을 지켜보았다.

'음, 설거지하는 것을 보니 저 아이도 그런 대로 쓸 만하군. 일하는 법을 제대로 알고 있는걸. 매슈 오빠의 말대로 분명히 재미있는 아이이기는 해. 나까지도 저 아이가 다음에는 무슨 말을 할까 하고 기다려지니 말이야. 오늘 아침에 매슈 오빠의 얼굴 표정을 보니 어젯밤의 생각을 조금도 바꾸지 않은 게 확실해.'

사실, 마릴라는 매슈가 드러내 놓고 말하지는 않았어도 여전히 앤을 집에 남아 있게 하고 싶어 한다는 것을 느낄 수 있었다. 매슈는 고집이 없는 편이었지만, 일단 무언가를 하고 싶다고 마음먹으면 입을 꾹 다문 채 좀처럼 그 뜻을 굽히지 않기 때문이었다.

그런 매슈의 마음을 알고 있는 터라 마릴라도 마음이 편치는 않았다.

앤이 침대 정리까지 마치자, 마릴라는 밖에서 일하는 매슈에게로 갔다.

마릴라는 일부러 더 단호한 어조로 말했다.

"매슈 오빠, 앤을 데리고 스펜서 부인 댁에 가려는데 제가 마차를 써도 되겠지요? 스펜서 부인 댁으로 가서 이 문제를 해결하려고 해요. 스펜서 부인은 틀림없이 이 아이를 다시 돌려보내는 절차를 밟아 주실 거예요. 저녁때까지는 돌아올게요.”

“결국 앤을 보내기로 한 거니?”

그러나 마릴라는 한마디 대꾸도 없이 잠자코 있었다.

매슈는 벌써 문 앞에 나와 마릴라를 기다리고 있는 앤의 모습을 바라보았다. 앤을 애처롭다는 듯이 쳐다보던 매슈는 마지못해 고개를 끄덕였다.

“네 뜻대로 해.”

마릴라와 앤은 마차에 올라탔다.

매슈는 슬픈 얼굴로 마차에 탄 두 사람의 모습을 지켜보았다.

마릴라는 잘 다녀오겠다는 인사도 하지 않은 채 갑자기 말에게 채찍질을 해 댔다.

그러자 채찍질에 놀란 말이 빠른 속도로 마차를 끌고 달려 나갔다.

매슈는 문에 기대어 마차가 눈앞에서 사라질 때까지 쓸쓸하게 서 있었다.

마차에 탄 뒤로 줄곧 말이 없던 앤이 조금은 밝아진 목소리로 마릴라에게 말했다.

“모든 건 생각하기 나름이겠지요? 스펜서 부인 댁에 도착해서 겪게 될 슬픈 일 따위는 지금 생각하지 않을래요. 이 마차를

타고 가는 동안만이라도 마음껏 즐거워해야겠어요. 즐거워해
야겠다고 마음속으로 상상하면 대부분 그렇게 되니까요. 고아
원으로 돌아가야 한다는 것은 잊어버리고, 즐거운 것만을 생각
할래요."

마릴라는 곁눈질로 앤을 쳐다보았다.

정말로 앤은 아무 일도 없다는 듯이 밝은 얼굴로 주위의 풍경
에 빠져들고 있었다.

"앤, 너는 참 이상한 아이로구나. 지금 이 순간에도 그 상상인
지 뭔지나 하고 있으니 말이다."

마릴라는 도통 앤을 이해할 수가 없었다.

앤은 한층 더 밝아진 목소리로 흥분해서 외쳤다.

"마릴라, 저기 좀 보세요. 분홍색 장미 한 송이가 피어 있어
요. 정말 아름다워요! 저는 분홍색이 가장 매력적인 색이라고
생각해요. 하지만 머리가 빨간 사람은 분홍색 옷을 입을 수가
없어요. 전혀 어울리지 않거든요. 저는 제 인생을 '잃어버린 희
망의 무덤'이라고 생각해요. 언젠가 책에서 읽은 말인데, 제게
실망스러운 일이 생길 때마다 그 말을 되새기며 저 자신을 위로
해요. 왜냐하면 그 말은 아주 낭만적이라서 그 말을 하면 마치
제가 이야기 속의 주인공이 된 것 같은 기분이 들거든요."

"글쎄, 모르겠다. 어째서 그 말이 너에게 위로가 되는지 나로

서는 알 수가 없구나. 아무래도 너는 계속 이야기하고 싶어 하는 것 같으니, 그럴 거라면 차라리 너 자신에 대한 이야기를 해보려무나."

그러자 앤은 길게 한숨을 내쉬며 시무룩해졌다.

"제 이야기는 제가 상상한 이야기만큼 재미있지 않은걸요. 그것보다는 다른 재미있는 이야기를 하는 편이 낫겠어요."

마릴라는 정색을 하고는 앤의 말과는 상관없이 딱딱한 질문들을 했다.

"앤, 너는 어디에서 태어났고, 또 지금 몇 살이나 됐지?"

앤은 다시 한 번 후유, 하고 한숨을 쉬더니 자신에 대한 이야기를 시작했다.

"저는 노바스코샤란 곳에서 태어났어요. 이번 3월에 만 열한 살이 되었고요. 아빠는 고등학교 선생님이셨어요. 엄마도 고등학교 선생님이셨지만 아빠와 결혼하고 나서는 일을 그만두셨다고 해요. 저는 볼링블록의 작은 노란색 집에서 태어났어요. 토머스 이모 말로는 제가 비쩍 마른 데다가 눈만 큰, 보기 싫은 아기였다고 말씀하셨어요."

앤의 말에 마릴라는 앤의 얼굴을 쳐다보았다.

"앤, 내가 보기에는 네가 그렇게 보기 싫은 아이는 아닌 것 같구나."

앤은 빙긋 웃으며 말을 이어 갔다.

"그래요? 엄마도 저를 무척 예뻐하셨대요. 토머스 이모의 눈에 제가 어떻게 비치든 엄마가 저를 예쁘다고 여기셨다니 다행이지요. 그런데 엄마는 오래 살지 못하셨어요. 제가 태어난 지석 달도 되기 전에 열병에 걸려 돌아가셨대요. 좀 더 살아 계셔서 단 한 번이라도 '엄마' 하고 불러 본 기억이 있었으면 좋겠다는 생각을 하곤 해요. 아빠도 그 사흘 뒤에 역시 열병으로 돌아가셨대요. 그래서 저를 어떻게 하면 좋을지 몰라서 모두 곤란해했다고 토머스 이모가 말씀하셨어요. 그때도 저를 원하는 사람이 한 사람도 없었지요."

앤은 갑자기 말을 멈추고는 고개를 떨구었다.

마릴라는 조금은 앤이 안쓰럽다는 생각이 들었다.

잠시 뒤, 앤은 힘겹게 다시 이야기를 시작했다.

"저희 부모님은 두 분 모두 그곳 출신이 아니셨던 모양이에요. 두 분이 먼 곳 출신이셨기 때문에 저를 돌봐 줄 친척이 없었던 거지요. 결국엔 토머스 이모부와 이모가 메리스빌로 이사를 한 뒤, 제가 여덟 살이 될 때까지 함께 살았어요. 거기서 토머스 이모의 아이들을 돌보아 주었어요. 저보다 어린 아이들이 네 명이나 있었거든요. 그런데 토머스 이모부가 기차 사고로 돌아가셔서 전 또다시 혼자 남게 되었어요. 다행히도 제가 아이를 잘

돌본다는 걸 아신 해먼드 이모가 절 받아 주셨죠. 제가 아무리 아이를 좋아 한다고 해도, 그 집엔 아이가 무려 여덟 명이나 있었기 때문에 매우 힘들었어요. 쌍둥이가 세 쌍이나 되었고요. 2년 후에 해먼드 이모부가 돌아가시게 되자, 모두들 떠나 버리고 홀로 남은 저는 고아원에 간신히 들어가게 되었어요. 그리고 스펜서 아주머니가 오실 때까지 그곳에 있었던 거예요."

앤은 불행했던 지난 일들이 새록새록 떠오르는 듯 연신 괴로운 표정으로 한숨을 내쉬며 자신에 대한 긴 이야기를 끝냈다.

마릴라도 그런 앤의 마음을 느꼈는지 잠시 말을 잇지 못했다.

앤은 부끄러운 듯 우물쭈물 입을 열었다.

"그래도 잠깐씩 학교를 다녔던 건 정말 운이 좋은 일이었어요. 토머스 이모 댁에 있을 때에는 마지막 해에 잠시 다녔고, 해먼드 이모 댁에서는 봄과 가을에만 다닐 수 있었어요. 어려운 형편이었지만 다들 제게 작은 성의는 보여 주셨지요. 이후에 고아원에 있는 동안에는 계속 학교에 다닐 수 있었어요."

이제 앤의 얼굴은 홍당무처럼 빨개져 있었다.

"토머스 이모와 해먼드 이모 두 분 다 제게 잘 대해 줄 마음은 있었을 거예요. 할 수 있는 한 잘해 주고 싶어 하셨다는 것을 알고 있어요. 하지만 한 분은 남편이 주정뱅이라 무척 힘이 드셨고, 또 한 분은 잇달아 쌍둥이 세 쌍이 생겼으니 정신이 없으셨겠지요. 두 분 모두 고생을 많이 해서 마음의 여유가 없으셨을 거예요. 그래도 두 분 다 틀림없이 저에게 잘해 주고 싶으셨을 거예요.”

힘겹게 이야기를 끝낸 앤은 주위의 경치를 넋을 잃고 바라보았고, 마릴라는 생각에 잠겨서 마차를 몰고 있었다.

마릴라도 더는 아무것도 묻지 않았다.

‘가엾은 앤, 누구에게도 따뜻한 사랑 한번 받아 보지 못하고 가난하고 고달픈 생활을 해 왔구나. 이 아이는 정말 자기 집이 생긴다는 희망을 가지고 초록 지붕 집까지 왔을 거야. 이 아이를 되돌려 보낸다는 것은 정말이지 너무 가혹한 짓인 것 같아. 그렇다면 매슈 오빠의 생각대로 이 아이를 집에 있게 하면 어떨까? 매슈 오빠는 물론 찬성일 테고……, 아이가 좀 수다스럽기는 하지만 성품이 착하니까 이것저것 가르치기는 쉬울 것 같아.’

마릴라는 앤에 대한 여러 가지 생각으로 머릿속이 복잡했다.

앤은 여전히 굳게 입을 다문 채 넓게 펼쳐진 바다만 바라보았고, 두 사람을 태운 마차는 해안가의 붉은 절벽 위를 달려갔다.

새로운 가족으로

마릴라와 앤을 태운 마차는 해안가 길을 따라 한참을 달려, 드디어 스펜서 부인의 집에 도착했다.

앤은 입구에서부터 잔뜩 얼굴이 굳어서는 안절부절못했다.

"어머, 마릴라. 이렇게 두 사람이 함께 오다니 뜻밖이네요. 어제 아이가 도착했을 텐데, 오늘 저를 찾아오시리라고는 꿈에도 생각하지 못했어요. 어쨌든 빨리 서로가 친해진다는 건 좋은 일이지요. 어서 들어들 오세요."

스펜서 부인은 아무것도 모른 채 두 사람을 반갑게 맞아 주었다.

스펜서 부인은 마릴라 옆에서 풀이 죽은 채 웃지도 않는 앤에게 말을 걸었다.

"앤, 정말 잘 왔다. 그래, 집은 마음에 드니?"

"덕분에요. 고맙습니다."

앤은 거실 의자에 몸이라도 파묻을 것처럼 고개를 푹 숙였다.

스펜서 부인이 내어 온 차를 마시며 마릴라는 천천히 찾아온 용건을 이야기했다.

"스펜서 부인, 제가 이렇게 온 것은 다름이 아니라 일에 무언가 실수가 생긴 것 같아서랍니다. 얼마 전에 우리는 리처드 씨에게 고아원에서 열 살이나 열한 살 정도의 남자아이를 데려다 달라고 부탁을 드렸었거든요."

스펜서 부인은 깜짝 놀라 마시던 찻잔을 내려놓았다. 그러고는 어찌할 바를 몰라 소리쳤다.

"그게 무슨 말씀이세요? 제가 리처드 씨의 딸 낸시에게 들은 말과는 다른걸요. 저는 두 분이 여자아이를 원하신다고 들었어요."

"괜찮아요. 일단 일이 이렇게 된 것은 모두 우리의 잘못이에요. 직접 스펜서 부인에게 우리의 뜻을 전달해야 했어요. 어쨌든 착오가 생겼으니, 이제는 이 일을 어떻게 처리하느냐가 문제예요. 고아원에서 이 아이를 다시 맡아 줄까요?"

마릴라는 걱정스러운 얼굴로 스펜서 부인에게 물었다.

스펜서 부인은 난처한 듯이 말했다.

"차마 마릴라의 얼굴을 볼 면목이 없네요. 어떻게 이런 일이 일어났는지. 물론 고아원에서야 앤을 다시 맡아는 주겠지만 그것은 옳지 않은 일인 것 같군요. 그것보다는 여자아이가 필요한 다른 집으로 앤을 보내는 건 어떨까요? 마침 어제 블루엣 부인이 오셔서 일을 거들어 줄 여자아이를 부탁하셨거든요. 어쩌면 잘된 일인지도 모르겠어요. 제 생각에는 그 집에 앤이 딱 어울릴 것 같거든요."

"블루엣 부인이라고 하셨나요?"

그 순간, 마릴라는 가슴이 덜컥 내려앉는 것만 같았다.

마릴라는 블루엣 부인에 대한 소문을 들은 적이 있었다. 소문에 따르면 블루엣 부인은 지나치게 부지런한 사람인데 굉장한 구두쇠이며, 가정부를 혹사하기로 유명했다. 게다가 그 집 아이들은 건방지고 싸움만 한다고 했다.

마릴라는 그런 집으로 앤을 보낸다는 것은 차마 못할 짓이란 생각이 들었다.

마릴라는 앤을 바라보았다. 그 순간 마릴라는 앤의 얼굴이 새파랗게 질리는 것을 보고는 몹시 놀랐다. 바싹 움츠러든 앤은 당장이라도 눈물을 흘릴 것 같은 모습이었다.

그 모습은 마치 간신히 벗어난 무서운 덫에 다시 걸려든 어린 짐승 같았다.

마릴라는 그 덫에서 앤을 구하지 않으면, 평생 그 얼굴 표정이 눈앞에 어른거릴 것 같았다.

"지금 당장 제 딸을 블루엣 부인 댁으로 보내서 블루엣 부인을 이리로 모셔 오도록 하지요. 일단 무슨 일이든 빨리 해결하는 게 좋으니까요."

스펜서 부인은 위층에 있는 딸을 부르기 위해 자리에서 일어섰다.

그러자 마릴라가 천천히 말을 꺼냈다.

"잠시만요, 스펜서 부인. 아직 이 아이를 맡지 않겠다고 결정한 것은 아니에요. 제가 오늘 이곳에 온 것은, 다만 어째서 이런 착오가 일어났는지 물으러 온 것일 뿐이에요. 앤을 우리가 돌볼지 어쩔지는 매슈 오빠와 다시 의논해 보고 결정해야 할 것 같군요. 오늘은 이만 앤을 데리고 돌아가야겠어요. 만약 앤을 돌보아 줄 수 없을 때에는 내일 블루엣 부인 댁으로 직접 앤을 데리고 가겠어요. 혹시나 제가 아이를 데리고 가지 않으면 저희 집에 있게 된 것으로 아세요."

스펜서 부인은 마릴라의 말에 조금은 어리둥절해 하며 대답했다.

"뭐, 마릴라가 그렇게 하길 원한다면 저야 반대할 이유가 없죠. 먼저, 댁으로 돌아가셔서 매슈 씨와 의논부터 해 보시지요.”

그러자 완전히 절망에 빠져 있던 앤의 어두운 얼굴이 차츰 밝아지기 시작했다.

마릴라와 앤이 인사를 하고 스펜서 부인의 집에서 나올 때까지 앤은 도저히 마릴라의 말이 믿어지지 않았다.

‘혹시 내가 잘못 들은 것은 아닐까?’

앤은 여러 번 자기 뺨을 꼬집기도 했다.

‘아니야! 이건 진짜야!’

앤은 갑자기 마릴라의 팔에 매달려 떨리는 목소리로 물었다.

“마릴라, 방금 스펜서 부인께 했던 말씀이 정말인가요? 정말로 저를 초록 지붕 집에 있게 해 주실 건가요? 혹시 이 모든 것이 제 상상은 아닌가요?”

마릴라는 조금은 무뚝뚝하지만 부드러운 목소리로 말했다.

“글쎄다, 앤. 나는 농담이나 상상을 그다지 좋아하는 사람은 아니란다. 모든 것은 네가 들은 대로다. 하지만 아직 확실히 결정된 것은 아니야. 경우에 따라서는 블루엣 부인 댁으로 너를 보내게 될지도 몰라. 블루엣 부인이 나보다 훨씬 일손을 필요로 하니까 말이다.”

앤은 금방이라도 울음을 터뜨릴 것만 같은 얼굴로 말했다.

“오, 마릴라, 제발 그런 말씀은 마세요. 그렇다면 차라리 고아원으로 돌아가겠어요. 초록 지붕 집이 아니면 어차피 다른 곳들은 제겐 다 똑같은 곳인걸요. 저를 초록 지붕 집에 머물게 해 주신다면 앞으로 마릴라가 시키는 일은 무슨 일이든지 다 하겠어요."

마릴라는 앤의 말에 웃음이 나왔지만 간신히 참고는 다시 무뚝뚝하게 말했다.

"앤, 그런 식으로까지 말할 필요는 없단다. 어쨌든 우리는 지금 당장 집으로 돌아가야 한단다. 이러다가는 저녁 식사 시간을 놓치고 말 테니까 말이야. 매슈 아저씨가 무척이나 배가 고프실 거란다."

"좋아요. 어서 초록 지붕 집으로 돌아가요."

이후로 앤은 줄곧 마릴라의 옆에서 이상하리만큼 얌전하게 앉아 있었다.

저녁때가 다 되어서야 두 사람은 초록 지붕 집에 도착할 수 있었다.

매슈는 어느새 집 어귀까지 마중을 나와 있었다.

마릴라는 멀리서도 그의 마음을 알 수 있었다.

"앤, 네가 돌아올 줄 알고 있었단다."

매슈는 다시 집으로 돌아온 앤을 반갑게 맞아 주었다.

저녁 식사를 마친 뒤, 마릴라는 매슈에게 일이 그렇게 된 사정을 이야기하였다.

"그래, 잘 결정한 일이다. 앤을 블루엣 부인에게 보낼 수는 없지! 그 부인에 대한 나쁜 소문이 마을에 파다하더구나."

매슈는 평소의 그답지 않게 조금은 흥분된 목소리로 말했다.

"나는 네가 앤을 그냥 보내지 않을 거라고 짐작하고 있었단다. 그 아이는 정말 재미있고 뭔가 사람을 끄는 데가 있으니까."

마릴라는 조금은 시큰둥하게 대답했다.

"매슈 오빠, 나도 바보는 아니에요. 린드 부인에게서 블루엣 부인에 대한 이야기를 이미 들어서 알고 있었는걸요. 저도 블루엣 부인이 마음에 들지 않아요. 그래서 블루엣 부인 집으로 보내느니, 오빠도 원하고 있는 것 같고 또, 나도 맡아도 괜찮을 것 같다는 생각에 앤을 다시 데려온 거예요."

마릴라는 이번에 확실히 해 두어야겠다는 생각이 들었는지 덧붙여 말했다.

"그리고 미리 말해 두겠는데, 매슈 오빠는 제 교육 방법에 참견하지 마세요. 저는 앤이 재미있는 아이가 되는 것보다는 우리에게 도움이 되는 아이가 되는 것이 좋아요. 우선 필요한 것들은 제가 하나하나 가르치겠어요."

말을 마치기가 무섭게 마릴라는 재빨리 설거지 거리들을 챙겨서 일어나 버렸다.

매슈는 그런 마릴라를 흐뭇하게 바라보며 한마디 했다.

"마릴라, 무엇이든 네가 하고 싶은 대로 하려무나. 하지만 나는 그 아이에겐 조금도 엄하게 대할 필요가 없을 거라고 생각한단다. 앤은 영리한 아이이고, 그 아이가 진심으로 너를 따르게 된다면 네가 굳이 엄격하게 하지 않아도 될 거야. 그러니 좀 더 다정하고 자상하게 앤을 대해 주렴."

다음 날 아침, 앤은 그 어떤 것도 손에 잡히지 않을 정도로 온몸이 떨리는 걸 느꼈다.

'마릴라가 나를 이 초록 지붕 집에 머물게 해 줄까?'

조바심이 난 앤은 2층 방 안을 이리저리 걸어 다녔다.

마릴라가 앤을 초록 지붕 집에 있도록 허락하겠다는 이야기를 아직 앤에게 하지 않은 것이었다.

마릴라는 오히려 능청스럽게 오전 내내 앤에게 이것저것 일을 시켜 놓고 일하는 모습을 지켜보았다.

'앤은 활기차고 솔직해. 꾀도 부리지 않고, 이해력도 빠른 아이야. 저렇게 열심히 일하는 모습을 보면 그것은 쉽게 알 수 있지.'

앤에게는 정말이지 기나긴 하루였다.

점심 식사 뒤, 설거지를 끝낸 앤은 몹시 긴장된 표정으로 양

손을 꼭 쥐고는 떨리는 목소리로 마릴라에게 물었다.

"마릴라, 지금까지는 참을 수 있었지만 이젠 1분도 기다릴 수 없을 것 같아요. 저를 다른 곳으로 보내실 건지 아니면 이곳에 있게 해 주실 건지 알려 주세요. 더는 못 참겠어요. 부탁이에요, 네?"

마릴라는 마시던 차를 내려놓으며 천천히 말했다.

"그것보다 앤, 네가 해야 할 일을 모두 끝내긴 한 거니? 궁금증 때문에 얼렁뚱땅 일을 해치워 버린 것은 아니겠지? 그렇다면, 이제 이야기해 주마."

앤은 부엌 바닥에 무릎을 꿇은 채로 애처롭게 마릴라의 얼굴을 올려다보았다.

마릴라는 신중한 어조로 앤에게 또박또박 말했다.

"우리는 너를 데리고 있기로 결정했다. 하지만 그것은 네가 착한 아이가 되도록 노력할 경우에 한해서다. 알겠니? 그리고 앞으로는 나를 그냥 마릴라라고 부르면 된다."

앤은 기쁨의 눈물을 흘리며 울었다.

"아아, 기쁘다는 말만으로는 부족해요. 정말로 행복해요! 꼭 착한 아이가 되도록 노력할게요. 기뻐서 어쩔 줄 모르겠는데, 왜 자꾸 눈물이 나오는 걸까요? 그런데 제가 그냥 '마릴라'라고 부르면 너무 무례하게 보이지는 않을까요? '마릴라 아주머니'

라고 부르는 게 좋을 것 같아요. 저에게는 아주머니가 친척 중 한 분도 안 계셨고, 할머니도 안 계셨거든요.”

“꼭 그렇지만은 않을 게다. 네가 진심으로 존경하는 마음을 담아 내 이름을 부르면 조금도 무례하게 들리지 않을 거다. 에이번리 마을 사람들도 모두 나를 마릴라라고 부른단다. 그리고 앤, 따지고 보면 나는 너의 친척 아주머니가 아니잖니?”

“그런 것은 아무 문제도 되지 않아요. 마릴라가 그냥 저의 친척 아주머니라고 상상하시면 되잖아요.”

“또 그 상상이니 뭐니 하는 얘기라면 나는 더 이야기하기 싫다.”

“상상이 어때서 그래요? 상상이란 아주 쉽게, 그리고 금세 행복해질 수 있는 자신만의 방법인걸요. 마릴라는 상상이란 걸 한 번도 해 본 적이 없으세요? 상상을 하지 않는다면 생활이 무척이나 심심할 거예요.”

앤이 놀랍다는 듯이 눈을 동그랗게 뜨고 묻자, 마릴라는 그만 기분이 언짢아지고 말았다.

“앤, 나는 상상 같은 것을 해 본 적도 없고 또, 사실과 다르게 상상하는 것을 좋아하지도 않는다. 너와 이런 중요하지 않은 이야기로 오후 시간을 다 보낼 수는 없단다. 오후에 한가할 때 주기도문을 외우도록 해. 거실에 가서 벽난로 선반 위에 있는 카드를 가지고 오너라. 거기에 주기도문이 씌어 있을 거야.”

“네, 마릴라. 주기도문 외우기도 틀림없이 재미있을 거예요.”

마릴라의 말이 떨어지기가 무섭게 앤은 거실로 나갔다.

마릴라는 식어 버린 차를 마저 마시기 시작했다.

그런데 거실로 주기도문이 적힌 카드를 가지러 간 앤은 한참이 지나도 오지 않았다.

마릴라는 화가 나서 거실을 향해 큰 소리로 앤을 불렀다.

“앤, 도대체 거실에서 무엇을 하고 있는 거니? 나는 네게 주기도문이 적힌 카드를 가지고 오라고 한 것 같은데?”

그제야 앤이 후다닥 부엌으로 달려왔다.

마릴라가 무서운 얼굴로 노려보자, 앤은 화들짝 놀라며 머뭇머뭇 말했다.

“죄송해요, 마릴라. 거실 창에서 바라보는 바깥 풍경이 아름다워서 저도 모르게……”

마릴라는 잠시 앤을 응시했다.

“앤, 네가 툭하면 그 상상인지 뭔지에 빠지는 것을 나무라는 것이 아니다. 다만 내가 너에게 무엇인가 가지러 보냈을 때에는, 즉시 그것을 가지고 오너라. 공연히 상상에 빠져 있거나 해서는 안 된다. 자, 그 카드를 가지고 식탁으로 와. 그리고 거기에 앉아서 그 기도문을 외우도록 해라.”

앤은 다행이라는 듯 안도의 한숨을 내쉬며 눈을 크게 떴다.

앤은 잠시 동안 열심히 카드를 읽다가 말을 꺼냈다.

"마릴라, 저는 이 기도문 외우는 것이 좋아졌어요. 기도문이 비록 시는 아니지만 시를 읽을 때와 똑같은 기분이 들어요. '하늘에 계신 우리 아버지, 아버지의 이름을 거룩하게 하시며…….' 마치 음악 같아요. 주기도문을 외우게 되어서 정말로 기뻐요."

"앤, 그만 하면 됐다. 이제 그만 떠들고 어서 외우도록 해라."

앤은 다시 열심히 외우기 시작했다.

그러나 잠시 후에 마릴라에게 물었다.

"저어, 마릴라. 배리가의 다이애나는 어떤 아이인가요? 매슈 아저씨가 다이애나가 제 또래라고 하셨거든요? 그 아이와 제가 마음속 친구가 될 수 있을까요?"

"마음속 친구가 무언지는 몰라도 배리 호수 옆에 사는 다이애나 배리가 아마 네 또래일 거다. 아주 착한 아이니까 돌아오면 좋은 놀이 상대가 되겠구나. 지금은 친척 집에 가 있어. 그렇지만 조심해서 얌전하게 굴어야 해. 배리 부인은 엄격한 분이라서 착한 아이가 아니면 다이애나와 놀게 하지 않을 테니까."

앤은 의자를 마릴라 쪽으로 바짝 당기고는 호기심이 가득한 눈빛으로 말했다.

"마음속 친구란 세상에서 둘도 없이 사이좋은 친구를 말하는 거예요. 모든 것을 다 털어놓을 수 있는 진정한 친구 말이에요. 그런데 다이애나는 어떻게 생겼어요? 머리카락은 빨갛지 않겠지요? 제 자신이 빨간 머리인 것만으로도 견디기 힘든데, 마음속 친구까지 그렇다면 정말 참을 수 없을 거예요."

마릴라는 살짝 웃으며 앤을 쳐다보았다.

"다이애나는 아주 예쁘게 생겼단다. 눈은 까맣고 뺨은 장밋빛인 데다가 영리하고 착한 아이란다. 하지만 생김새보다는 마음이 훨씬 중요하지. 앤, 나는 너에게 무슨 일에나 반드시 교훈이 되는 말을 하려고 애를 쓴단다. 그렇지만 너는 교훈보다는 너 자신의 관심거리에만 귀를 기울이는 것 같구나."

그러고는 밉지 않게 앤을 향해 눈을 살짝 흘겼다.

앤은 갑자기 무언가 굉장히 신 나는 일이 생겼다는 듯이 자리에서 일어나 춤을 추듯 뛰어다녔다.

"아, 마릴라. 다이애나가 예쁘게 생겼다니 정말 기뻐요. 제 자신이 미인이라면 가장 좋겠지만 그건 전혀 희망이 없는 일이니까, 그다음으로 멋진 일은 예쁘게 생긴 아이를 친구로 사귀는 일이에요. 아마도 다이애나는 바람에 흔들리는 사과꽃만큼이나 예쁠 거예요. 오, 아름다운 다이애나!"

마릴라는 성가시다는 듯 손을 내저으며 말했다.

"앤, 내가 더 어지럽구나. 그만 뛰어다니고 주기도문이나 외우도록 해라."

"하지만 주기도문은 벌써 다 외웠는걸요. 아아, 기분 좋아요. 다이애나와 저는 정말 좋은 마음속 친구가 될 거예요!"

앤은 다이애나 생각에 들떠서 나풀나풀 자신의 방으로 뛰어 올라갔다.

빨간 머리는 싫어

어느 날, 매슈와 마릴라는 점심 식사를 끝낸 뒤 모처럼 조용하고 느긋하게 차를 마시고 있었다.

앤은 오후의 맑은 하늘과 산들바람을 만나겠다면서 과수원으로 달려 나간 뒤였다.

매슈는 미소를 지으며 마릴라에게 말했다.

"앤이 초록 지붕 집에 온 지도 벌써 2주일이나 지났군그래. 그 아이가 온 이후로 하루하루가 유쾌해서 시간 가는 줄을 몰랐어."

"그건 저도 마찬가지예요. 그 아이가 좀 수다스럽긴 해도 성품이 바르고 쾌활해서 좋아요. 뭐, 가끔씩 자신의 빨간 머리 때문에 쓸데없이 예민하게 굴기도 하지만 그리 큰 문제는 아니니까요."

마릴라는 창밖으로 앤이 뛰어다니고 있을 과수원 쪽을 바라보았다.

사실, 앤은 평소엔 구김살 없이 밝고 유쾌하다가도 자신의 머리 색에 관한 일이 벌어질 때면 아무도 말리지 못할 정도로 예민하게 굴었다.

마릴라도 몇 번 실수를 하고서야 앤이 싫어하는 머리 색 이야기를 하지 않게 되었다.

오후의 시곗바늘이 쏜살같이 달려가고 어느새 저녁 시간이 가까워졌다.

마릴라는 점심때 나간 앤이 여태 돌아오지 않자 슬슬 걱정이 되기 시작했다.

그 순간, 누군가가 부엌문을 두드렸다.

똑똑똑.

마릴라는 앤이 돌아왔다고 생각하고 문을 열었다.

그런데 뜻밖에도 문밖에는 린드 부인이 서 있었다.

"오, 마릴라. 나는 이제야 당신들의 일에 대해 소문을 들었답니다. 그 이야기를 듣고 얼마나 놀랐는지 몰라요."

린드 부인은 초록 지붕 집에서 살게 된 앤의 이야기를 듣고 앤을 보러 온 것이었다.

"세상에나! 실수할 게 따로 있지, 어쩜 그런 일을……. 매슈와 마릴라가 정말로 곤란했겠어요. 그런데 왜 그 아이를 다시 고아원으로 돌려보내지 않았나요? 스펜서 부인에게 이야기했다면 쉽게 해결해 주었을 텐데."

마릴라가 멋쩍은 듯이 웃으며 말했다.

"일이라는 게 실수가 있기 마련이지요. 그리고 아이는 다시 고아원으로 보낼 수 있었지만 그렇게 하지 않기로 했어요. 매슈 오빠가 몹시 마음에 들어 했거든요. 그리고 나도 그 아이가 싫지 않았고요. 결점은 조금 있지만 성격이 밝은 아이라서 집안 분위기가 완전히 달라졌어요."

린드 부인은 마릴라를 안타깝게 여기며 끌끌 혀를 찼다.

"어머나, 마릴라. 내가 예전에도 말했잖아요. 그 아이가 자라온 환경이나 성품도 제대로 알지 못하면서 아이를 키운다는 것은 위험한 일이에요. 앞으로 장차 어떤 아이가 될지 누가 알겠어요? 당신들은 엄청난 짐을 떠맡게 된 거예요. 더군다나 아이를 키우는 것에는 아무런 경험도 없잖아요?"

하지만 마릴라는 린드 부인이 호들갑을 떠는 것에 대해 전혀 신경을 쓰지 않았다.

"그런 문제라면 걱정하지 않아요. 그 아이가 타고난 성품도 중요하겠지만 앞으로 어떻게 가르칠 것인가가 더 중요하다고 생각해요. 나는 무슨 일이든 일단 결심을 하면 완벽하게 해내거든요.”

그때였다.

“다녀왔습니다!”

온종일 과수원을 돌아다니던 앤이 발그레하게 상기된 얼굴로 집으로 돌아왔다.

앤은 뜻밖의 낯선 사람을 보고는 주춤거리며 문간에 멈추어 섰다.

린드 부인도 호기심 어린 눈으로 앤을 머리부터 발끝까지 쭉 훑어보았다.

린드 부인의 눈에 앤은, 짤막한 치마 아래로 가는 다리가 길게 쑥 나와 있고, 주근깨가 두드러져 보이고, 바람에 흐트러진 빨간 머리가 유난히 더 빨갛게 보이는 못생긴 여자아이였다.

린드 부인은 자신의 성격만큼이나 솔직하게 앤의 생김새에 대해 거침없이 말하기 시작했다.

“어머, 애야, 너는 지독한 말라깽이인 데다 얼굴도 못생겼구나. 얼굴은 온통 주근깨투성이에다 머리 색은 또 그게 뭐니? 빨간 머리카락이 마치 홍당무 같구나.”

그 순간 앤의 얼굴이 분노로 붉게 달아올랐고, 입술이 몹시 떨렸다.

이미 앤이 화가 난 것을 눈치챈 마릴라가 앤을 막아 보려고 했지만 때는 이미 늦었다.

앤은 린드 부인 앞으로 달려가더니 바닥을 쿵쿵 구르며 소리를 질렀다.

"그러는 아주머니도 볼품없이 살만 찌고 상상력이라고는 눈곱만큼도 없어 보이는 사람이세요. 게다가 너무도 아무렇지 않게 잘 알지도 못 하는 저에 대해 막말까지 하시는군요. 아주머니처럼 품위 없고 무례하고 인정 없는 사람은 본 적이 없어요! 자, 어떠세요? 이 말을 들은 기분이 어떠시냐고요?"

앤이 린드 부인에게 소리치고 대들자, 린드 부인은 입을 떡 벌린 채 얼굴이 벌겋게 달아올랐다.

"어머나, 세상에! 나는 너처럼 예의라고는 눈곱만큼도 찾아볼 수 없는 아이는 본 적이 없다!"

린드 부인은 너무나 흥분한 나머지 의자에서 바닥으로 쓰러져 버릴 것처럼 보였다.

갑작스레 벌어진 상황에 당황한 마릴라가 앤에게 소리쳤다.

"그만해라, 앤! 2층 네 방으로 올라가거라! 그리고 부를 때까지는 그곳에서 한 발자국도 나올 생각을 마라!"

"마릴라, 하지만 이건 제 잘못이 아닌걸요. 저 아주머니가 저를 모욕했다고요!”

앤은 울음을 터뜨리면서 후다닥 층계를 뛰어 올라갔다.

린드 부인은 간신히 식탁에 기대어 마릴라에게 말했다.

“세상에나, 마릴라. 어쩌자고 저렇게 막돼먹은 아이를 키우려고 하나요? 나는 도무지 이해할 수가 없군요.”

마릴라는 린드 부인에게 조용히 말했다.

“린드 부인, 정말 죄송하게 됐어요. 앤이 그렇게 버릇없는 아이는 아니랍니다. 내가 보기엔 린드 부인이 저 아이의 용모에 대해 이러쿵저러쿵 나쁘게 말한 것이 잘못이었어요.”

린드 부인은 기가 막히다는 표정으로 벌떡 일어섰다.

“마릴라, 댁에서 돌보는 아이라고 해서 지금 저 아이의 편을 드는 건가요?”

“편을 들다니요. 저 아이를 감싸려고 하는 말이 아니라, 처음부터 상황을 놓고 보았을 때 그렇다는 얘기였어요. 물론 저 아이가 잘못했으니까 잘 타이르겠지만, 너그럽게 봐 줄 필요도 있지 않을까요? 린드 부인도 저 아이에게 너무 심하게 말한 건 사실이잖아요.”

린드 부인은 치밀어 오르는 화를 주체할 수 없는지 쌀쌀맞게 말했다.

“마릴라, 정 그렇게 생각한다면 나는 이만 이 집에서 나가겠어요. 하지만 이런 봉변을 당하기는 태어나서 처음이에요. 마릴라, 이 집에 온 지 얼마 되지도 않은 고아의 기분이 그렇게도 중요한가요? 틀림없이 저 아이 때문에 매슈와 당신은 애를 먹게 될 거예요. 두고 보세요.”

린드 부인은 정신을 차릴 수 없는지 휘청거리며 밖으로 나가 버렸다.

한편 마릴라는 린드 부인과의 일을 속으로 차분히 가라앉힌 다음, 앤의 방으로 올라갔다.

아직도 방 안에서는 앤의 울음소리가 들려오고 있었다.

“앤, 나하고 얘기 좀 하자.”

마릴라는 방으로 들어가 앤을 불렀다.

앤은 이불을 뒤집어쓴 채 침대에서 울고 있었다.

“앤, 내 말이 들리지 않니? 나는 좀 전에 네가 린드 부인에게 한 그 무례한 행동에 대해서 얘기하고 싶구나.”

앤은 여전히 이불을 뒤집어쓴 채 울음이 섞인 목소리로 말했다.

“마릴라도 제가 잘못한 일이라고 생각하시잖아요. 하지만 그 아주머니는 저에게 못생긴 데다 머리카락이 빨갛다고 놀릴 자격이 없어요. 그 아주머니가 그렇게 말했을 때, 화가 치밀어 오르고 가슴이 메어 가만히 있을 수가 없었어요.”

마릴라는 앤이 뒤집어쓴 이불을 벗겨 내고는 차분하게 말했다.

"그래, 앤 네 말이 맞다. 하지만 너에게도 그런 식으로 화를 내고 무례하게 말을 할 자격은 없다. 나는 오늘 네가 린드 부인에게 예의 바르게 행동해 주길 바랐단다. 린드 부인은 소문을 듣고 초록 지붕 집에서 살게 된 너를 보러 온 거니까. 그런데 린드 부인이 너를 보고 못생긴 데다 머리카락이 빨갛다는 말을 했다는 것만으로 그렇게 화를 냈어야 했는지 나는 이해할 수가 없구나. 어쨌든 우리는 조만간 온 동네에 웃음거리가 되겠구나. 린드 부인은 네 이야기를 모두 퍼뜨리고 다닐 테니까. 그런 식으로 화를 낸 것은 정말이지 예의 바르지 못한 행동이었다, 앤."

앤은 억울하다는 표정을 지으며 큰 소리로 외쳤다.

"그렇지만 마릴라도 누군가에게 말라깽이고 못생겼다는 말을 들었다고 상상해 보세요."

마릴라는 문득 잊고 있었던 옛날 일이 떠올랐다.

"아니, 앤. 내게도 너와 비슷한 일이 있었단다. 내가 아주 어렸을 때 어떤 아주머니가 나에 대해, '이 아이는 어쩌면 이렇게 피부가 검고 못생겼을까?' 하고 이야기하는 것을 들은 적이 있었다. 그때 속이 상하고 가슴을 에이는 듯한 심정은 지금도 잊을 수가 없단다. 물론 린드 부인이 너에게 그런 말을 한 것에 대해서 잘했다고는 생각하지 않는다, 앤. 린드 부인이 조심성이 없는 것은 사실이지만, 그렇다고 해서 네가 그런 행동을 한 것을 합리화할 수는 없다. 린드 부인은 네가 처음 만나는 사람인데다, 너보다 나이도 많고 더군다나 손님이니까 더욱 공손하게 대했어야 했어. 그런데 너는 너무나 무례한 짓을 했다.”

그 순간, 마릴라는 앤에게 딱 어울릴 만한 벌이 생각났다.

“그러니 앤, 네가 잘못한 일에 대해서는 마땅히 벌을 받아야 하지 않겠니? 지금 당장 린드 부인께 가서 잘못했다고 사과하고 오너라. 그게 내가 너에게 내리는 벌이다.”

“마릴라, 너무하세요. 마릴라가 제게 내리는 벌은 그 어떤 것이라도 달게 받겠지만, 린드 부인에게 사과하는 것만은 도저히 할 수 없어요.”

마릴라는 냉정하게 딱 잘라 말했다.

“다른 벌은 없다, 앤. 너는 린드 부인께 무슨 일이 있어도 사과를 해야만 한다. 네가 스스로 사과해야겠다는 마음이 생길 때까지 이 방에 있도록 해라.”

앤은 슬픈 표정으로 고개를 푹 숙였다.

“저는 절대로 사과할 수 없어요. 차라리 영원히 이 방에 갇혀 있겠어요. 왜냐하면 제가 조금도 잘못했다고 생각하지 않으니까요. 잘못하지도 않았는데 잘못했다고 말해야 하다니, 그건 꿈에서라도 일어날 수 없는 일이에요.”

"그럼, 네 마음대로 하려무나. 나는 벌을 내렸으니 이만 내려가겠다. 오늘 밤 다시 한 번 찬찬히 네가 한 일을 생각해 보아라. 그러면 좀 더 마음이 가라앉을 테니까."

마릴라는 일어나서 앤의 방을 나왔다.

그날 저녁, 식사 시간에 밥을 먹으러 내려오지 않는 앤을 궁금하게 여긴 매슈가 마릴라에게 물었다.

"마릴라, 앤에게 무슨 일이라도 생긴 거냐? 식사 시간에는 한 번도 빠지지 않던 아이가 오늘은 웬일인지 보이지 않는구나."

"매슈 오빠, 그건 앤이 벌을 받고 있는 중이기 때문이에요."

마릴라는 매슈에게 좀 전에 린드 부인과 앤 사이에 벌어진 그 소동에 대해서 이야기했다. 마릴라의 이야기를 듣고 나서 매슈는 웃으며 말했다.

"린드 부인은 평소에도 지나칠 정도로 남의 일에 참견하기를 좋아하는 수다쟁이잖니. 그렇지만 앤이 무례하게 군 것은 잘못한 것이니 벌은 받아야겠지. 마릴라, 그 아이는 여태껏 누군가에게 어떻게 행동해야 예의 바른 것인지 제대로 배울 기회가 없었을 테니 너무 그 아이를 나무라지는 마라. 벌을 받고 나면 앤도 상대방을 배려하는 행동에 대해서 자연히 배우게 될 테니까."

마릴라는 음식을 쟁반에 담아 앤의 방으로 가져갔다.

마릴라는 앤이 하루 종일 방에서 내려오지 않았기 때문에 배가 고플 것이라고 생각했다.

하지만 앤의 방 앞에는 손도 대지 않은 음식이 쟁반에 담긴 채로 그대로 놓여 있었다.

마릴라는 앤이 걱정되었지만 이것이 모두 다 앤을 위한 일이라 생각하고 쟁반을 그대로 부엌으로 들고 내려왔다.

다음 날 아침, 마릴라는 여느 때처럼 아침 식사를 준비하고 있었다.

그런데 2층 계단 쪽에서 앤의 목소리가 들렸다.

"마릴라, 제가 잘못했어요. 오늘 린드 부인에게 가서 사과하겠어요."

마릴라는 뜻밖의 앤의 행동에 조금 당황했다.

"그, 그래. 잘 생각했다. 일단 배가 고플 테니 식사부터 해라. 린드 부인에게 사과하러 가는 건 그다음에 해도 되니까."

앤은 아무 말 없이 식탁에 앉아 아침 식사를 했다.

밤사이 야윈 듯 보이는 앤의 모습에 마릴라는 가슴이 아팠다.

식사를 마친 뒤, 마릴라는 앤을 데리고 린드 부인의 집으로 향했다.

앤은 고개를 숙이고 힘없이 마릴라를 따라갔다.

마릴라는 그런 앤을 바라보며 조금 애처로운 듯이 말했다.

"그렇게 주눅이 들어 있을 필요는 없다. 이렇게 하는 것이 옳은 거란다."

"저도 그렇게 생각해요. 밤새 어떤 식으로 린드 부인에게 사과할 것인지 상상하기도 했는걸요."

앤의 표정에는 정말 깊은 반성을 한 것 같은 기운이 내비쳤다.

마릴라와 앤이 린드 부인의 집에 도착했을 때, 린드 부인은 자신이 좋아하는 꽃들에게 물을 주고 있었다.

마릴라는 린드 부인에게 다가가 말했다.

"린드 부인, 앤이 부인에게 하고 싶은 말이 있다고 해서 데리고 왔어요."

린드 부인은 앤을 보자 떨떠름한 표정으로 고개를 돌리며 말했다.

"하고 싶은 말이라니? 왜 아직도 내게 화를 내고 싶은 거니? 어쨌든 안으로 들어오너라."

린드 부인은 마릴라와 앤을 집 안으로 들어오게 했다.

그러자 앤은 몹시 후회하는 듯한 애처로운 표정으로 무릎을 꿇었다. 그러고는 두 손을 모으고 떨리는 목소리로 린드 부인에게 말했다.

"아주머니! 제가 잘못했어요. 제가 얼마나 슬퍼하고 있는지,

사전 한 권만큼의 표현으로도 이루 다 말할 수 없을 거예요. 저는 아주머니께 대단히 실례를 했고, 제가 남자아이가 아닌데도 초록 지붕 집에 있게 해 주신 매슈 아저씨와 마릴라를 부끄럽게 만들고 말았어요. 저는 참으로 은혜를 모르는 나쁜 아이예요. 아주머니께서는 사실을 이야기하셨는데 화를 내어 정말로 죄송합니다. 아주머니께서 하신 말씀은 모두 사실이에요. 저의 머리카락은 빨간색이고, 얼굴은 주근깨투성인 데다가 말라깽이고 못생겼어요. 아아, 아주머니, 부디 용서해 주세요. 만일 용서해 주시지 않는다면, 저는 평생 슬퍼하며 살 거예요. 제발 저를 용서한다고 말씀해 주세요, 아주머니."

앤은 이렇게 사과를 하고는 고개를 숙이고서 린드 부인의 말을 기다렸다.

마릴라는 무릎까지 꿇어 가며 사과를 하는 앤의 모습이 놀라우면서도 어쩐지 평소의 앤답지 않다는 생각을 했다.

마음이 여린 린드 부인은 앤이 진심 어린 사과를 하자 금세 마음을 누그러뜨리며 말했다.

"자아, 어서 일어나렴. 물론 용서해 주마. 나도 조금은 너무했던 것 같구나. 나는 너무 솔직해서 그게 좀 탈이지만 대신 마음에 두지는 않는단다. 그리고 전에 내가 알고 있던 여자아이가 어렸을 땐 너처럼 빨간 머리였는데, 커서는 색이 진해져서 아주

보기 좋은 다갈색 머리카락으로 바뀌었어. 그러니 네 머리카락도 곧 그렇게 될지도 몰라."

"그럼, 저를 용서해 주시는 건가요? 오, 아주머니는 저에게 희망을 주셨어요. 이제부터는 아주머니께 잘할 거예요. 커서 제 머리가 아름다운 다갈색 머리가 될 수 있을지도 모른다는 것을 생각만 해도 얼마나 행복한지 몰라요."

앤은 린드 부인에게 용서를 받고서야 활짝 웃었다.

마릴라 역시 앤의 사과로 린드 부인의 마음이 풀어진 것 같아 기쁜 마음으로 집으로 돌아올 수 있었다.

초록 지붕 집으로 돌아오는 길에 앤은 언제 그랬냐는 듯이 예전처럼 밝고 유쾌한 모습을 보였다.

마릴라는 린드 부인에게서 선물로 받은 꽃 한 다발을 가슴에 안고는 생각했다.

'앤은 정말로 별난 아이야. 그래도 어딘지 사람을 끄는 매력이 있어. 매슈 오빠가 저 아이를 맡고 싶어 한 이유를 이제야 조금 이해할 것 같아. 말씨가 조금 기묘하고 지나치게 자기주장이 강한 면이 있지만 그런 것들은 곧 고쳐질 거라고 생각해. 그리고 몹시 화를 잘 내는 것 같긴 해도 다행히 저 아이에게는 그것을 바로잡을 용기가 있어. 어쩐지 갈수록 저 아이가 마음에 드는걸.'

그때, 한참을 앞서 가던 앤이 마릴라를 돌아보며 말했다.

"저, 오늘 잘했지요? 어차피 사과할 거라면 진심에서 우러나온 듯이 울먹이며 하는 것이 좋겠다고 생각했어요. 그런데 정말 제 머리카락이 예쁜 다갈색으로 변할 수 있을까요? 전에도 그런 말을 들은 적이 있어요. 그렇지만 저는 그 말을 완전히 믿지는 않아요. 어쨌든 린드 부인은 정말 친절하세요. 사과를 하고 용서를 받는다는 것은 정말 기분 좋은 일인 것 같아요."

마릴라는 그 어느 때보다도 따뜻한 눈길을 앤에게 보냈다.

"너무 자신의 외모에 신경 쓰지 마라. 마음이 아름다우면 용모는 자연히 아름다워지는 거란다."

"돌아갈 집이 있다는 것은 정말 행복한 일이에요. 자신의 집이 있다는 것 말이에요. 저는 초록 지붕 집이 더욱더 좋아졌어요. 왜냐하면 이곳은 정말 나의 집이라는 기분이 들거든요. 아아, 마릴라! 저는 정말로 행복해요. 지금 당장에라도 기도하라고 하시면 할 수 있을 것 같아요."

두 사람은 산들바람이 부는 샛길을 서둘러 걸어갔다.

내 친구, 다이애나

어느 날 오후, 앤에게는 그렇게 기다리고 기다리던 엄청난 일이 일어나려 하고 있었다.

앤은 여느 때보다 조바심을 내며 마릴라를 보챘다.

"마릴라, 드디어 오늘이 그날이에요. 그런데 만일 다이애나가 저를 좋아하지 않으면 어쩌죠? 그러면 저는 제 삶에서 아주 비극적인 사건을 맞이하는 거예요."

마릴라는 오늘따라 호들갑을 떠는 앤이 귀찮은지 이렇게 말했다.

"앤, 다이애나를 만나는 일이 아무리 기대가 된다고 해도 그렇게 유난을 떨 것까지는 없단다. 아무 걱정할 것 없어. 그리고 그렇게 장황한 말은 쓰지 않았으면 좋겠구나. 어린 여자아이가 그런 말을 쓰면 아주 우스꽝스럽게 들리니까 말이다. 만일 네가 배리 부인의 마음에 들지 않는다면, 아무리 다이애나가 너를 좋아해도 소용없어. 그러니까 예의 바르고 얌전하게 행동하고, 그렇게 과장된 표현은 쓰지 않도록 해라.”

그러나 앤은 너무 긴장해서 자신도 모르게 손까지 떨고 있었다.

앤의 손에서 설거지하던 그릇이 미끄러져 떨어지자 마릴라가 소리쳤다.

“저런, 앤! 그러다 다치겠다. 저리 비켜라. 내가 보기엔 오늘 너에게 설거지를 맡겼다가는 그릇이 하나도 남아나지 않을 것 같구나.”

“마릴라, 죄송해요. 하지만 마릴라도 그렇게 꿈꿔 오던 사람을 만나게 된다면 역시 가슴이 두근거리실 거예요.”

설거지를 끝낸 두 사람은 배리 부인의 초대를 받아 다이애나의 집으로 갔다.

배리 부인은 큰 키에 눈과 머리가 까맣고 입매가 다부진 사람으로, 아이들에게 몹시 엄하다고 소문이 나 있었다.

“안녕하세요, 배리 부인. 저는 앤 셜리라고 해요.”

"그래, 앤. 네가 초록 지붕 집에 왔다는 아이로구나. 어서 오너라. 우리 집에 잘 왔다."

배리 부인은 마릴라와 앤을 거실로 안내했다.

거실 탁자에는 맛깔스러운 과자와 차가 준비되어 있었다.

"마릴라, 차 좀 드세요. 여러분이 오신다고 해서 제가 정성 들여 준비했답니다. 앤, 너도 어서 먹으려무나."

"네, 고맙습니다."

앤은 그 어느 때보다도 정중하게 대답했다.

마릴라는 그런 앤의 모습에 자꾸만 웃음이 나와 차를 제대로 마실 수조차 없을 지경이었다.

"참, 내 딸 다이애나를 소개하마. 다이애나, 거실로 잠깐 나와 보렴. 손님들이 오셨단다."

마침내 배리 부인이 다이애나를 부르자, 앤은 긴장이 된 나머지 침을 꿀꺽 삼켰다.

다이애나는 배리 부인이 부르는 소리를 듣고 위층 자신의 방에서 거실로 내려왔다. 다이애나는 마릴라와 앤을 호기심이 가득한 눈길로 쳐다보았다.

다이애나는 검은 머리카락과 눈을 엄마에게서 물려받고, 장밋빛 뺨과 밝은 표정은 아빠에게서 물려받은 것 같았다.

배리 부인이 다이애나에게 말했다.

“다이애나, 앤을 데리고 집 안 구경을 시켜 주렴.”

“네, 엄마. 자, 가자 앤.”

다이애나는 앤의 손을 잡아끌고 집 안 여기저기를 구경시켰다.

배리 씨 집의 마당은 큰 버드나무와 단풍나무로 둘러싸여 있었는데, 그 안에는 새하얀 수선화와 장밋빛 금낭화 그리고 그 밖의 갖가지 꽃이 어우러지게 피어 있어 이루 말할 수 없이 아름다웠다.

앤과 다이애나는 화려한 참나리를 사이에 두고 서로 쑥스럽다는 듯이 얼굴을 마주 보며 서 있었다. 그러다가 앤이 먼저 말을 꺼냈다.

“다이애나, 나는 매슈 아저씨에게 네 얘기를 들어 널 알고 있었어. 그래서 말인데, 예전부터 너를 만나면 꼭 하고 싶은 말이 있었어. 저, 다이애나, 나의 마음속 친구가 되어 주겠니?”

그 순간, 다이애나는 웃음을 터뜨리고 말았다. 다이애나에게는 무슨 말을 하기 전에 웃는 버릇이 있었다.

“마음속 친구? 그게 뭔데?”

“응, 그건 마음을 터놓는 가장 친한 친구를 말하는 거야.”

“음, 그렇다면 좋아.”

다이애나는 흔쾌히 대답했다.

“다이애나, 그렇다면 우리는 영원의 맹세를 해야 해.”

“맹세? 그건 또 어떻게 하는 건데?”

앤은 정말 진지한 얼굴로 말했다.

“자, 이렇게 서로의 손을 잡는 거야. 원래는 흐르는 물 위에서 해야 하지만, 이 좁은 길을 물이라고 생각하자. 내가 먼저 맹세의 말을 할게. ‘태양과 달이 있는 한, 나는 마음속 친구 다이애나 배리에게 충성할 것을 엄숙하게 맹세합니다.’. 자아, 이번에는 네 차례야.”

다이애나는 이번에도 웃음을 터뜨렸다.

그러고는 앤을 따라 영원의 맹세를 했다.

“태양과 달이 있는 한, 나는 마음속 친구 앤 셜리에게 충성할 것을 엄숙하게 맹세합니다.”

맹세를 한 뒤, 다이애나는 환한 얼굴로 앤에게 말했다.

“나는 네가 초록 지붕 집에 와서 정말 기뻐. 지금까지 이 근처에는 같이 놀 만한 친구가 없었거든. 너는 참 별난 아이인 것 같아. 별나다는 이야기는 전부터 듣고 있었지만 말이야. 하지만 정말로 네가 좋아질 것 같아.”

앤은 아름다운 배리 씨네 마당에서 언제까지나 영원할 친구, 다이애나와 즐거운 시간을 보냈다.

초록 지붕 집으로 가는 길에 앤은 기분이 좋은 듯 콧노래를 흥얼거렸다.

마릴라는 앤의 노랫소리에 웃으며 말했다.

"다이애나와 즐겁게 지냈니? 어떠니? 그 아이가 너의 마음속 친구가 될 것 같으냐?"

앤은 신이 나서 펄쩍펄쩍 뛰었다.

"그럼요, 마릴라. 우리는 이미 영원의 맹세도 했는걸요. 다이애나와 저는 내일 벨 씨의 숲에 소꿉놀이 집을 짓기로 했어요. 다이애나가 숲 뒤의 백합이 피어 있는 곳에도 데리고 가 준대요. 그리고 저에게 아주 예쁜 그림을 주겠다고 했어요."

"그랬다니 정말 잘되었구나. 하지만 다이애나와 노는 것에 정신이 팔려 네 할 일을 잊어버리거나 해서는 안 된다. 알겠니?"

마릴라는 앤에게 단단히 당부했다.

며칠이 지난 오후, 바느질거리를 모은 마릴라가 연신 바늘을 놀리고 있었다.

뎅, 뎅, 뎅, 뎅.

시간은 어느새 4시가 훌쩍 지나 있었다.

마릴라는 하루 종일 코빼기도 보이지 않는 앤을 생각하니 화가 났다.

마릴라는 부엌 창문 너머로 바깥을 내다보았다. 행여나 앤이 헐레벌떡 달려오고 있지는 않을까 해서였다.

'요즘 앤은 다이애나와 놀다가 늦게 들어오는 일이 잦아지고 있어. 이러다가는 제 할 일은 모두 내팽개쳐 두고 오로지 다이애나와 노는 것에만 몰두할지도 몰라. 오늘 들어오면 따끔하게 야단을 쳐야겠어.'

그때였다.

아니나 다를까, 앤이 거친 숨을 몰아쉬며 집 안으로 뛰어 들어왔다.

"헉, 헉, 마릴라, 죄송해요. 헉, 헉, 다이애나와 놀다 보니 이렇게 늦었네요."

마릴라는 손에 들었던 바느질감을 바구니에 놓아두고는 무서운 얼굴로 말했다.

"앤! 지금이 몇 시인 줄이나 알고 있니? 아침 녘에 나간 아이가 저녁 식사 무렵이 되어서야 집에 돌아오는구나. 내 오늘은 그냥 넘어갈 수가 없다!"

앤은 놀란 눈을 하고 여전히 숨을 헐떡거리며 말했다.

"하지만 마릴라. 오늘은 굉장한 뉴스가 있는걸요. 그러니 오늘만은 용서해 주세요. 다음 주에 교회 학교에서 소풍을 간대요. 빛나는 호수 바로 옆에 있는 들판으로요. 그리고 벨 아주머니와 린드 부인께서 아이스크림을 만들어 주신대요. 다이애나와 소풍에 관한 얘기를 하느라 시간 가는 줄을 몰랐던 거예요.”

“그런데, 앤! 너는 왜 나와 한 약속을 지키지 않는 거니? 다이애나와 놀더라도 네가 할 일은 잊지 않겠다고 하지 않았니? 오늘은 나에게 바느질을 배우기로 한 날이잖아. 그런데 너는 하루 종일 바깥에만 있더구나.”

앤은 손을 내저으며 다급하게 말했다.

“아니에요, 마릴라. 약속을 어기려던 것은 아니었어요. 그런데 다이애나와 소풍 이야기를 하는 것은 제게 너무도 중요한 일이었어요. 저는 단 한 번도 소풍이라는 것을 가 본 적이 없거든요. 저어, 그런데 마릴라, 소풍은 보내 주시는 거지요?”

마릴라는 그제야 조금은 화를 누그러뜨렸다.

“앤, 앞으로는 나와 약속한 시간은 정확하게 지키도록 해라. 그리고 물론 소풍은 가도 좋아. 너는 교회 학교의 학생이니까 말이다. 다른 아이가 모두 가는데 내가 너를 가지 못하게 할 이유는 없잖니?”

앤은 믿어지지 않는지 두 손을 꼭 감아쥐고 소리쳤다.

“마릴라, 정말 고마워요. 이번 소풍은 제 삶에서 가장 멋진 일이 될 거예요.”

마릴라는 앤이 기뻐하는 모습에 자신 또한 기뻤지만, 그러한 마음을 내색하지 않고 더욱 퉁명스럽게 말했다.

"그런 일로 그렇게 감격할 것까지는 없다. 소풍 때 들고 갈 바구니에다 맛있는 음식들을 가득 담아서 보내 줄 테니 아무 걱정 마라. 그러니 이제는 오늘 하기로 한 일이나 빨리 하렴. 자, 여기 바느질감이 있다. 내가 하는 대로 따라서 바느질을 해 봐."

"좋아요, 마릴라. 저는 사실 바느질을 무척이나 싫어 하지만 소풍에 관한 상상으로 바느질을 한다는 생각을 지워 버릴래요. 그러면 바느질이 조금도 지루하지 않을 거예요."

그날 밤, 앤은 예쁜 옷을 입고 바구니 가득 음식을 담아 들고 교회 학교 소풍을 가는 꿈을 꾸었다.

앤은 꿈속에서 다이애나와 푸른 들판에서 뛰어놀며 행복한 미소를 지었다.

브로치 사건

마릴라는 교회에 갈 때 언제나 자수정 브로치를 달았다. 그것은 마릴라가 가장 소중하게 여기는 것으로, 마릴라의 어머니가 그녀에게 물려준 것이었다. 모양은 구식이었지만 안에 어머니의 머리카락이 들어 있었고, 가장자리에는 아주 고급스런 자수정이 박혀 있었다.

앤은 처음에 그 브로치를 보았을 때 그 아름다움에 넋을 잃고 감탄했다.

"아아, 마릴라. 참 훌륭한 브로치네요! 자수정은 그저 아름답다는 표현만으로는 부족한 것 같아요. 제가 생각했던 다이아몬드와는 비교도 할 수 없어요. 그 브로치를 잠깐 제가 가지고 있게 해 주지 않으시겠어요? 그 브로치를 하고 있으면 제 자신이 정말 아름답게 보일 것 같아요."

저녁 무렵, 마릴라는 온 집안을 샅샅이 뒤졌다. 교회에 갈 때 달고 갔던 자수정 브로치가 보이지 않기 때문이었다.

한편, 앤은 내일 소풍 갈 생각으로 즐겁게 노래를 부르며 부엌 바닥을 닦고 있었다.

마릴라는 도무지 자수정 브로치를 찾을 수 없자, 앤에게 이상하다는 듯이 물었다.

"앤, 내 자수정 브로치 못 봤니? 어제저녁 교회에서 돌아온 다음 바늘통에 꽂아 놓은 것 같은데, 찾을 수가 없구나."

"자수정 브로치요? 그거라면 제가 오늘 오후에 아주머니가 후원회에 가셨을 때 보았어요. 얼마나 예쁜가 보려고 가슴에 달아 보았거든요."

마릴라는 깜짝 놀라서 물었다.

"뭐라고? 자수정 브로치를 네 맘대로 만졌단 말이니? 나도 없는데 내 방에 들어간 것도 모자라서, 더구나 자신의 것도 아닌 물건을 함부로 만졌단 말이지? 그러면 브로치를 어디에 두었니?"

"잠깐 달아 보고는 장롱 위에 그대로 놔두었어요."

"아니, 앤, 브로치는 없다. 맨 마지막으로 브로치를 만진 사람은 너야. 어디에 두었는지 당장 사실대로 이야기해라. 혹시 바깥으로 가지고 나간 것은 아니냐, 앤?"

마릴라는 앤을 다그쳤다.

"분명히 원래 있던 곳에 갖다 놓았어요. 어디인지는 확실하지 않지만 갖다 놓은 것은 분명해요. 방 바깥으로는 가지고 나오지 않았어요. 정말이에요."

앤은 울먹이기 시작했다.

"앤, 너는 거짓말을 하고 있는 거야. 나는 다 알고 있다. 사실을 말할 마음이 생길 때까지 네 방에 가 있어라."

마릴라는 다시 한 번 마음에 짚이는 곳을 모조리 찾아보았으나 브로치는 아무 데도 없었다.

마릴라는 머리를 감싸 쥐고 부엌 식탁에 앉았다.

마침, 들일을 마치고 들어오던 매슈가 식탁에 우두커니 앉아 있는 마릴라를 보았다.

"왜 그러니, 마릴라? 또 무슨 일이 생긴 거니?"

마릴라는 매슈에게 브로치 이야기를 했다.

매슈는 몹시 당황한 표정으로 말했다.

"마릴라, 앤이 그런 짓을 했을 리가 없어. 네가 착각한 것이 아니니? 아니면, 장롱 뒤에 떨어진 것은 아닐까?"

"아니에요, 오빠. 온 집안을 이 잡듯이 뒤져도 브로치를 찾지 못한걸요. 분명히 앤이 브로치를 들고 나갔다가 어디선가 잃어버린 게 틀림없어요."

앤의 짓으로 믿고 있는 마릴라의 확고한 태도에 매슈도 더는 앤을 감싸지 못하고 입을 다물어 버렸다.

그날 밤, 마릴라는 앤의 방으로 올라가 단호하게 말했다.

"앤, 브로치가 어디로 사라졌는지 사실대로 말하기 전까지는 이 방에서 한 발짝도 나가서는 안 된다. 물론 내일 소풍도 갈 수 없다."

그러자 앤이 화들짝 고개를 들면서 물었다.

"하지만 소풍을 보내 주시기로 약속하셨잖아요. 설마 진짜로 소풍을 못 가게 하려는 것은 아니시겠지요? 오후에는 내보내 주실 거지요? 그렇게만 해 주신다면 그 뒤로는 마릴라가 시키시는 대로 언제까지고 이곳에 있겠어요. 그렇지만 소풍만은 꼭 보내 주세요."

"그건 네가 사실대로 말하느냐 아니냐에 달린 문제다. 어쨌든 사실을 말하기 전까지는 이곳에서 한 발자국도 나갈 수 없다, 앤."

"마릴라! 제발 저를 보내 주세요!"

마릴라는 울부짖는 앤을 뒤로 하고 밖으로 나가 버렸다.

드디어 아침이 밝았다. 이날은 유난히도 화창해서 소풍 가기에 안성맞춤이었다.

마릴라는 맑은 하늘을 올려다보며 한숨을 내쉬었다.

잠시 뒤, 마릴라는 앤의 방 앞에 아침 식사를 가져다 놓고 돌아서려 했다.

그러자 마릴라의 발소리를 들은 앤이 자신의 방문을 열고 나왔다.

"마릴라, 드릴 말씀이 있어요. 잠시 제 방으로 들어오시겠어요?"

마릴라는 너무도 엄숙한 앤의 표정에 하마터면 들고 있던 쟁반을 바닥에 떨어뜨릴 뻔했다.

마릴라는 잠자코 앤을 따라 방으로 들어갔다.

"나에게 하고 싶은 이야기가 무엇이니?"

앤은 조그맣게 한숨을 쉬고는 어렵게 말문을 열었다.

"마릴라……, 실은 제가 자수정 브로치를 밖으로 가지고 나갔다가 잃어버린 거예요. 방에 들어갔을 때는 그럴 생각이 없었어요. 그런데 제 가슴에 달아 보니 너무 예뻐서 그만 밖으로 가지고 나가고 싶었어요. 브로치를 다이애나에게 자랑하고 나서 빛나는 호수에 있는 다리를 건널 때, 더 자세히 보려고 떼는데 브로치가 그만 손에서 미끄러져 호수 밑바닥으로 가라앉아 버렸어요."

앤은 눈을 바닥으로 내리깐 채로 잠시도 쉬지 않고 모든 것을 마릴라에게 고백했다.

앤의 이야기를 듣고 있던 마릴라는 치미는 화에 온몸이 부들부들 떨리는 것을 느꼈다.

"앤, 너는 내가 소중하게 여기는 브로치를 밖으로 가지고 가서 잃어버렸는데도, 조금도 후회하는 기색 없이 태연한 얼굴로 호수에 빠뜨렸을 때의 상황을 자세하게 들려주고 있구나. 나는 네가 이처럼 나쁜 아이인 줄은 몰랐다. 그리고 소풍은 보내 줄 수 없다. 그것이 벌이야."

마릴라는 애써 차분하게 말하려고 했으나, 목소리가 매우 날카로워져 있었다.

앤은 소스라치게 놀라며 마릴라에게 매달렸다.

"그게 무슨 말씀이세요? 제가 사실대로 말하면 소풍을 보내 주신다고 하셨잖아요. 그래서 고백한 거예요. 부탁이니까 소풍만은 보내 주세요. 그 뒤에는 어떤 벌이든 달게 받을게요."

마릴라는 자신에게 매달리며 울부짖는 앤을 밀쳐 냈다. 그러고는 몹시 화가 난 듯이 말했다.

"그래 봤자 아무 소용없다. 이제 더는 너에게서 아무 말도 듣고 싶지가 않구나."

그 순간, 앤은 마릴라의 눈동자를 쳐다보았다.

‘오, 마릴라의 마음은 내가 어떻게 한다고 해도 절대 움직이지 않을 거야.’

앤은 큰 소리로 비명을 지르더니, 침대에 엎드려 몸부림치며 울었다.

마릴라는 그런 앤의 모습을 모른 척하고 서둘러서 방에서 나왔다.

점심때가 되자, 매슈는 여전히 식사 시간에 모습을 보이지 않는 앤에 대해 물었다.

“마릴라, 아직도 앤에게 화가 나 있는 거니? 내가 말했잖아. 앤이 그랬을 리가 없다고.”

마릴라는 그 말에 너무 화가 나서 매슈에게 앤의 고백을 털어놓았다.

그러자 매슈는 믿을 수 없다는 표정으로 마릴라에게 말했다.

“그게 사실이니? 글쎄, 난 아직도 그게 저 아이의 짓이 아닐 거라는 생각이 드는구나. 어쨌든 앤이 고백을 했다니 내가 달리할 말은 없다만, 앤이 잘못한 것은 분명하지만 아직 어리잖니. 그냥 너그럽게 봐주는 게 어떻겠니?”

“매슈 오빠가 그렇게 매사에 귀엽게만 여기고 넘어가니까, 오늘 같은 일이 벌어진 건지도 몰라요. 저는 이번 기회에 확실히 앤에게 잘잘못을 가르쳐 주겠어요.”

마릴라는 더 이상 매슈가 말을 할 수 없을 정도로 단단히 쏘아붙였다.

마릴라는 앤의 일로 온종일 침울한 기분에 빠져 있었다.

그러다 문득 월요일 날 후원회에 갔다가 돌아온 뒤 검은색 레이스 숄을 벗다가 숄이 조금 찢어져 있는 것을 본 게 생각났다.

"맞아. 깜박 잊을 뻔했네. 숄을 수선해 놓아야지."

마릴라는 트렁크 안에서 숄을 꺼내 들었다.

그때, 마릴라의 눈에 반짝 빛나는 것이 눈에 띄었다. 창으로 들어오는 햇빛을 받아 숄에서 무엇인가가 반짝반짝 보라색으로 빛났다.

마릴라는 순간, 너무나 당황하여 그것을 얼른 잡아당겼다. 찢어진 숄의 레이스에 자수정 브로치가 휘감겨 있던 것이었다.

"이건 내 자수정 브로치잖아? 앤이 잃어버렸다고 한 브로치가 어떻게 해서 여기에 있는 거지?"

마릴라는 곰곰이 그날 일을 되새겨 보았다.

"그래, 맞아. 이제야 어렴풋이 생각이 나는군. 월요일에 숄을 벗어 잠시 동안 장롱 위에 두었었어. 그때 브로치가 레이스에 걸린 거야. 그런데 왜 앤은 브로치를 잃어버렸다고 거짓말을 했을까?"

마릴라는 서둘러서 앤의 방으로 올라갔다.

방 안 침대 위에 앤이 쓰러져 있었다. 아마도 울다 지쳐 기진맥진한 모양이었다.

마릴라는 앤의 곁에 앉아서 다그쳐 물었다.

"앤, 이것 보아라. 내가 지금 막 검은 레이스 숄에 걸려 있는 브로치를 발견했단다. 그렇다면 오늘 아침 네가 한 그 이야기는 뭐니?"

마릴라는 흥분을 감추지 못하고 말했다.

앤은 힘없이 마릴라 쪽으로 돌아누우며 말했다.

"제가 사실대로 말하기 전까지는 여기에 있어야 한다고 말씀하셨기 때문에, 소풍만은 꼭 가고 싶어서 제가 브로치를 잃어버렸다고 거짓말을 한 거예요. 어젯밤 침대에 누운 뒤에 뭐라고 거짓말을 할까 생각했는걸요. 하지만 마릴라가 소풍을 보내 주시지 않았기 때문에 그 거짓말도 소용없게 되어 버렸어요."

"뭐, 뭐라고? 소풍을 가기 위해 거짓말을 했다는 거냐? 푸하하!"

그 순간 마릴라는 자신도 모르게 웃음이 터져 나왔다.

한참을 웃은 마릴라는 다시 정색을 하며 말했다.

"앤, 내가 너한테 너무했다는 생각이 드는구나. 정말 미안하다. 그래도 앤, 자신이 하지도 않은 일을 했다고 거짓으로 고백하는 것 역시 잘못된 일이다. 하지만 이번에는 그렇게 하도록 만든 것이 바로 나니까, 만일 네가 나를 용서해 준다면 나도 너를 용서해 주마. 자아, 이제 빨리 소풍 갈 준비를 해라.”

마릴라의 말이 떨어지기가 무섭게 앤은 침대에서 벌떡 일어나 앉았다.

“소풍을 가도 좋다고요? 그게 정말이에요, 마릴라? 정말 고마워요! 어, 하지만 너무 늦어 버렸어요. 선생님과 아이들은 벌써 소풍 장소로 떠났을 거예요.”

앤은 다시 시무룩해졌다.

“자자, 앤. 아직은 늦지 않았단다. 너는 소풍 장소로 바로 가면 되지 않니? 내가 매슈 오빠에게 부탁해서 마차로 너를 소풍 가는 곳까지 데려다 주라고 얘기해 놓으마. 그러니 얼른 세수를 하고 옷을 갈아입어라. 네가 준비하는 동안, 내가 바구니에 맛있는 음식들을 가득 채워 줄 테니까.”

마릴라는 앤의 등을 떠밀며 일으켜 세웠다.

앤은 소풍에 늦지 않으려고 허둥지둥 준비를 하기 시작했다.

앤이 준비를 마치고 나섰을 때, 집 앞에서는 매슈가 마차에 바구니를 실어 놓고 앤을 기다리고 있었다.

매슈는 앤을 향해 환하게 웃으며 외쳤다.

“앤, 뭘 꾸물거리고 있니? 이러다 늦겠구나. 어서 타렴.”

“네, 매슈 아저씨. 마릴라, 그럼 소풍 잘 다녀올게요.”

마차에 오른 앤은 뒤를 돌아보며 마릴라를 향해 끝도 없이 손을 흔들었다.

이윽고 앤의 모습이 사라지자, 그제야 마릴라는 긴 숨을 내쉬었다.

"휴우, 이제야 겨우 한숨 돌리겠네."

마릴라는 돌아서면서도 자꾸만 앤의 일이 떠올라 웃음이 나왔다.

그리고 그날 소풍은 앤에게 잊지 못할 소중한 추억을 안겨 주었다.

저녁 무렵, 집으로 돌아온 앤은 소풍에서 있었던 일을 마릴라에게 이야기하느라 정신이 없었다.

"오늘 소풍에서 무척 즐거운 시간을 보냈어요. 모든 것이 다 근사했어요. 차를 마신 뒤에 해먼 앤드루스가 우리를 보트에 태워 주었어요. 그리고 아이스크림을 먹었어요. 아이스크림은 말로는 도저히 표현할 수 없는 맛이었어요."

마릴라도 오늘만큼은 앤의 수다가 더없이 즐겁기만 했다.

학교에 가다

초록 지붕 집에 온 지도 꽤 여러 달이 흘러, 앤도 다른 아이들과 마찬가지로 학교에 다니기 시작했다.

마릴라는 앤을 학교에 보내기로 결정한 뒤에 여러 가지 걱정이 생겼다. 그것은 앤이 몹시 유별난 아이이기 때문에 다른 아이들과 잘 지낼 수 있을지에 대한 걱정이었다.

9월이 되자, 마릴라의 걱정과는 상관없이 앤의 학교생활이 시작되었다.

앤은 학교에서 돌아오면 활기차게 날마다 일어난 일을 마릴라에게 보고했다.

마릴라는 다행히도 자신이 처음에 걱정했던 일들이 생기지 않는 것에 마음을 놓았다.

"마릴라, 저는 학교생활이 무척이나 마음에 들어요. 학교에는 제 또래의 여자아이가 많이 있어서 아주 즐거워요. 다 같이 모여서 재미있는 놀이를 하는 것이 이렇게 즐거울 줄은 몰랐어요."

앤은 즐거운 학교생활을 종달새처럼 노래했다.

그렇게 한동안 앤의 학교생활은 아무 문제없이 지나갔다.

그러던 어느 날이었다.

앤과 다이애나가 함께 학교에 가는 길이었다.

다이애나가 무슨 굉장한 소식을 알게 된 것처럼 들떠서 말했다.

"앤, 너 혹시 길버트 블라이드란 아이에 대해 들은 적 없니? 길버트는 여름 내내 뉴브랜드위크에 있는 아저씨 댁에 가 있었거든. 아마 오늘 틀림없이 길버트가 학교에 올 거야. 길버트는 학교에서도 손꼽힐 만큼 참 멋진 아이야. 하지만 여자아이를 매우 잘 놀려. 기절하지 않을 만큼 지독한 꼴을 당하지."

"길버트 블라이드? 아, 그 이름을 본 적이 있어. 현관 벽에 줄리아 벨의 이름과 함께 나란히 그 위에 '조심하시오.'라고 씌어 있던 아이지?"

앤의 말에 다이애나가 키득거리며 웃었다.

"아이들은 길버트와 줄리아가 서로 좋아한다고 생각하는데, 내가 보기에 길버트는 줄리아를 별로 좋아하지 않는 것 같아. 길버트는 공부도 잘해서 늘 반에서 1등이었어."

앤은 길버트 블라이드란 이름을 되뇌며 학교로 가는 발걸음을 재촉했다.

1교시 라틴어 수업 시간이었다.

필립스 선생님에게 지명을 받은 아이가 자리에서 일어나 라틴어 읽는 것을 듣고 있을 때, 다이애나가 앤에게 살며시 속삭였다.

"앤, 잠깐 뒤를 돌아봐. 네 자리에서 통로 쪽으로 두 번째에 앉아 있는 아이가 바로 길버트야."

앤은 다이애나가 일러 준 쪽을 쳐다보았다.

길버트는 큰 키에 머리는 다갈색 곱슬머리였고, 갈색 눈에는 장난기가 가득했으며, 입가에는 비웃는 듯한 미소를 띠고 있었다.

그 아이는 수업에는 관심이 없는지, 자기 앞에 앉아 있는 여자아이의 길게 땋은 머리를 의자 등받이에 핀으로 고정하느라 정신이 없었다.

결국 잠시 뒤, 한 여자아이가 비명을 지르면서 뒤로 자빠지고 말았다.

길버트는 재빨리 핀을 빼더니 시치미를 떼고서 역사 공부를 하는 척했다.

필립스 선생님은 여자아이를 불러내 벌을 주었고, 그 아이는 울음을 터뜨리고 말았다.

그러나 사건은 급기야 그날 오후에 벌어지고 말았다.

길버트는 처음부터 앤의 빨간 머리에 유독 신경이 쓰였다.

'옳지. 저 빨간 머리를 골려 주어야겠다.'

나른한 오후 수업 시간, 아이들은 필립스 선생님이 다른 아이들을 살피는 동안 제멋대로 소곤소곤 이야기를 하기도 하고, 사과를 베어 먹기도 하며 떠들고 있었다.

그러나 앤은 턱을 괴고 창밖으로 보이는 호수를 바라보며 환상의 세계에 빠져 멍하니 앉아 있었다.

길버트는 슬슬 앤을 골려 줄 기회만 노리고 있었다.

일단 앤이 자기를 쳐다보게 하겠다고 결심한 길버트는, 앤의 긴 머리채를 잡아당겼다.

"어이, 빨간 머리! 너 꼭 홍당무 같구나!"

그 순간, 앤은 즉시 홱 돌아서서 분노 어린 눈으로 길버트를 매섭게 노려보았다.

길버트는 그만 앤의 눈빛에 주눅이 들고 말았다.

"길버트 블라이드, 이 제멋대로인 녀석아!"

앤은 자리에서 벌떡 일어나 길버트 앞으로 뚜벅뚜벅 걸어갔다. 그러고는 자신의 석판으로 길버트의 머리를 내리쳐 석판을 두 동강 내고 말았다.

그러고 나서 잔뜩 화가 난 앤은 눈물을 흘리며 소리쳤다.

아이들은 비명을 지르며 주위로 흩어졌다.

"앤 셜리! 석판으로 친구의 머리를 내려치다니, 너 어떻게 이런 짓을 할 수 있니? 도대체 왜 그런 거야?"

필립스 선생님은 앤에게 길버트의 머리를 석판으로 내려친 이유를 물었다.

그러나 앤은 굵은 눈물방울만 뚝뚝 떨어뜨리며 아무 말도 하지 않았다. 이 많은 아이들 앞에서 자신이 '홍당무'라고 놀림을 받았다는 것은 참을 수 없는 수치기 때문이었다.

그런데 길버트가 조용히 자리에서 일어나더니 필립스 선생님에게 말했다.

"선생님, 앤의 잘못이 아니에요. 제가 앤을 놀렸기 때문에 앤이 화가 난 거예요."

"아무리 화가 난다고 해도 친구의 머리를 석판으로 내려치는 행동은 용서받을 수 없는 일이다. 앤 셜리, 너는 자리에서 일어나 복도로 나가거라!"

필립스 선생님이 엄한 목소리로 앤을 교실 밖으로 내쫓았다.

앤은 오후 시간 내내 아이들이 지나다니는 복도에 우두커니 서 있어야 했다.

앤은 아이들이 수군거리는 것에 아랑곳하지 않고 일부러 빨간 머리를 더욱 꼿꼿이 들고 있었다.

수업이 모두 끝나고 집으로 돌아가는 길에, 길버트가 문 앞에서 기다리고 있다가 앤을 불렀다.

"다 내 잘못이야. 네 머리를 가지고 놀려서 정말 미안해, 앤."

길버트는 후회하는 듯한 말투로 말했다.

그러나 앤은 몹시 경멸하는 듯한 표정을 짓고는 뒤도 돌아보지 않고 휙 지나가 버렸다.

그날 사건은 앤의 마음에 큰 상처를 입히고 말았다.

그러나 불행한 사건은 이것으로 끝나지 않았다.

에이번리 학교 주위에는 가문비나무 숲이 울창하게 우거져 있었다. 학생들은 점심시간이 되면 그곳으로 가서 즐거운 시간을 보내곤 했다. 하지만 놀다 보면 수업 종이 울리는 것을 듣지 못할 때가 대부분이었다.

필립스 선생님은 점심시간이 끝났는데도 매번 학생들이 수업 시간에 늦게 들어오는 것을 못마땅하게 여겼다.

"앞으로 내가 수업에 들어올 때까지 모두 자리에 앉아 있도록 해라. 늦게 들어오는 사람에게는 벌을 주겠다.”

그날도 여느 때처럼 아이들은 점심시간에 가문비나무 숲으로 놀러 갔다.

앤도 역시 아이들과 함께 가문비나무 숲으로 달려갔다.

그러나 앤은 노는 것에 푹 빠진 나머지 숲 안쪽 깊은 곳까지 들어가고 말았다. 그곳에서는 수업 종 치는 것을 들을 수가 없었다.

시간이 한참 흐르고 나서야, 앤은 수업에 늦었다는 것을 깨달았다.

앤은 헐레벌떡 교실로 달려갔다.

수업은 이미 시작되었고, 필립스 선생님 역시 교실에 들어와 있었다.

필립스 선생님은 숨을 헐떡거리면서 막 자리에 앉으려고 하는 앤을 불렀다.

“앤 셜리, 분명히 내가 수업 시간에 늦지 않도록 주의하라고 했을 텐데, 너는 어째서 수업이 시작된 지 한참 뒤에야 나타난 거니? 너는 그 벌로 길버트 블라이드의 옆자리에 앉아서 수업을 받도록 해라.”

다른 남자아이들은 킥킥 웃었다.

“저더러 남자아이와 함께 앉으라고 하신 건가요, 선생님?”

앤은 그 자리에 우뚝 서서 필립스 선생님의 얼굴을 뚫어지게 쳐다보았다.

"앤, 내 말을 듣지 못했니? 당장 내가 시킨 대로 해라. 길버트의 옆자리로 가거라."

앤은 잠시 망설이다가 길버트 옆으로 자리를 옮겨 가서 책상 위로 두 팔을 뻗고 엎드렸다.

당시에는 여자아이에게 남자아이와 함께 앉게 하는 것은 커다란 수치였던 것이다.

앤은 부끄러움과 분노를 도저히 참을 수 없었다.

'선생님은 왜 하필 길버트의 옆자리에 앉힌 걸까? 지난번 일까지 포함해서 내게 더 크게 창피를 주려는 게 틀림없어.'

수업이 모두 끝나고 집으로 돌아가는 내내 앤은 아무 말이 없었다.

잠자코 앤의 눈치만 살피던 다이애나는 더 이상 못 참겠다는 듯이 물었다.

"앤, 괜찮은 거니? 네가 아무 말도 하지 않으니까 정말 이상해."

앤이 다이애나를 쳐다보며 다부지게 말했다.

"다이애나, 나 이제 학교에 다니지 않을 생각이야. 앞으로는 너 혼자 학교에 가도록 해."

다이애나가 펄쩍 뛰며 앤을 말렸다.

"그게 무슨 소리니, 앤! 네가 학교에 다니지 않으면 나는 어떡하라고?"

그러나 다이애나가 아무리 앤을 설득해도 앤의 결심은 변하지 않았다.

그날 밤, 초록 지붕 집에는 한바탕 소란이 벌어졌다.

집으로 돌아온 앤이 마릴라에게 학교에 가지 않겠다고 말했기 때문이었다.

마릴라는 앤의 말을 더는 들으려 하지 않고 딱 잘라 말했다.

"앤, 오늘 네가 한 말은 못 들은 걸로 하마. 내일 아침에는 어김없이 학교에 가도록 해라."

"아니요, 마릴라. 저는 학교에 가지 않겠어요. 집에서 공부하면서 마릴라 말도 잘 들으며 착하게 지낼게요. 그리고 되도록 입도 꾹 다물고 있을게요. 그렇지만 절대로 학교에는 가지 않을 거예요."

마릴라는 이렇게 표정이 진지한 앤을 이전에는 본 적이 없었다.

마릴라는 앤의 작은 얼굴에서 완강하게 거부하는 듯한 굳은 표정을 보고는 설득하기 쉽지 않다는 것을 깨달았다.

마릴라는 그 이상은 아무 말도 하지 않고 앤을 자기 방으로 올려 보냈다.

마릴라는 매슈에게 거의 울먹이며 하소연을 했다.

"오빠가 저 아이를 한번 말려 보세요. 저대로 학교를 그만두게 할 수는 없잖아요? 흥분을 잘하는 저 아이의 성격 때문에 학교에 보낼 때부터 무슨 일이 일어나지는 않을까 하고 걱정하고 있었는데, 이제 어떻게 해야 할까요?"

매슈는 연거푸 담배만 피워 대다가 겨우 말문을 열었다.

"마릴라, 내가 생각하기에는 처음 얼마 동안은 그 아이의 기분을 맞춰 주는 것이 가장 좋은 방법 같구나. 이번 일은 필립스 선생님이 잘못했다고 생각한다. 아무리 앤이 잘못을 저질렀다고는 하지만, 그 벌로 여자아이를 남자아이와 함께 앉히는 건 옳지 않았어. 앤이 많은 아이들 앞에서 얼마나 창피했겠니?"

마릴라는 어렵게 다시 물었다.

"매슈 오빠, 그렇다면 앤이 원하는 대로 학교에 나가지 않게 하는 게 가장 좋은 방법이라고 생각하세요?"

"하는 수 없지. 그 아이가 먼저 말을 꺼낼 때까지는 두 번 다시 학교라는 말을 입 밖에 내지 마라. 만약 우리가 지금 그 아이를 억지로 학교에 보내려고 한다면, 이번에는 또 어떤 소동을 일으킬지 몰라."

"그렇군요. 듣고 보니 오빠 말이 맞아요. 당분간 앤을 학교에 보내지 말아야겠어요."

이후, 앤은 집에서 공부를 하게 되었다. 때때로 마릴라의 부엌일을 돕거나 다이애나와 놀기도 하며 하루하루를 보냈다.

그리고 앤은 가슴속으로 길버트를 평생 미워하겠다고 결심했다.

다이애나와의 이별

시간은 쉬지 않고 흘러 초록 지붕 집은 물론이고, 온 세상이 황금색으로 뒤덮이는 가을이 찾아왔다. 여기저기 울긋불긋하게 물든 나뭇잎들은 말로는 도저히 표현할 수 없을 정도로 아름다웠다.

유난히 화창한 아침, 마릴라가 앤을 불렀다.

"앤, 너에게 부탁할 일이 있구나. 오후에 카모티에서 열리는 후원회에 참석해야 하는데, 오늘 저녁 식사는 네가 준비를 해 줘야겠구나. 덤벙거리다가 준비해 놓은 음식도 미처 내놓지 못하는 일이 없도록 각별히 신경 쓰도록 해라. 참, 그리고 오후에는 다이애나를 초대해서 차를 대접해도 좋아. 버찌 설탕 절임을 먹어도 괜찮다. 과일이나 케이크, 아니면 쿠키를 먹어도 좋고. 찬장 두 번째 칸에 딸기 주스가 아직 절반쯤 남아 있을 테니까 다이애나와 둘이서 마셔라."

앤은 펄쩍 뛰며 기뻐했다.

"정말 그래도 되나요? 아, 드디어 다이애나를 초록 지붕 집에 초대할 수 있게 되었군요. 마릴라, 정말 고마워요."

그러고는 한달음에 다이애나에게 달려가서 차를 마시러 오라고 초대했다.

"와아! 정말이야, 앤? 참 재미있겠다."

다이애나도 앤의 초대를 기쁘게 받아들였다.

오후가 되자, 마릴라는 카모티의 후원회에 가기 위해 마차에 올랐다.

마릴라가 떠나자마자 앤은 서둘러 다이애나를 맞이할 준비를 했다.

잠시 뒤, 다이애나는 근사한 드레스를 차려입고 제법 숙녀티를 내며 초록 지붕 집으로 찾아왔다.

앤도 자신의 옷 중에서 가장 좋은 옷을 찾아 입은 다음 다이애나를 맞이했다.

앤과 다이애나는 마치 연극을 하는 듯, 지금까지 한 번도 만난 적이 없는 사이처럼 정중하게 악수를 했다.

그러면서도 큭큭, 터져 나오는 웃음만큼은 어쩌지 못했다.

앤은 다이애나를 거실로 안내하고는 그럴듯하게 인사를 건넸다.

"다이애나 양, 이렇게 제 초대에 응해 주셔서 감사합니다. 아무쪼록 이곳에서 좋은 시간 보내시길 바랍니다."

"초대해 주셔서 고마워요, 앤 양."

다이애나는 앤이 하는 것에 맞추어 숙녀처럼 이야기했다.

그러나 점잔을 떠는 것은 앤에게는 지루한 일이었다.

앤은 곧 다이애나의 손을 잡아끌고 밖으로 나갔다.

"과수원에 가서 사과를 따 먹자, 다이애나. 나무에 남아 있는 것은 모두 먹어도 좋다고 마릴라가 그러셨어."

"정말 신 나겠다, 앤. 우리 빨리 과수원에 가 보자."

과수원으로 간 두 사람은 아직 시들지 않은 푸른 풀밭의 한쪽 구석에 앉아, 포근한 가을 햇살을 받으면서 사과도 먹고 웃기도 하며 마음껏 재잘거렸다.

그렇게 한참 동안 과수원에서 시간을 보낸 앤과 다이애나는 조금 피곤한 것 같아서, 집으로 들어가 딸기 주스를 마시기로 했다.

앤은 마릴라가 일러 준 대로 다이애나를 대접하기로 했다.

"마릴라가 차 마실 때 과일이 든 케이크와 버찌 설탕 절임도 먹으라고 하셨어. 딸기 주스도 찬장에 있을 거야."

앤은 마릴라가 말한 찬장 서랍을 열어 보았으나 딸기 주스 병은 두 번째 칸에 없고 맨 위에 있었다.

앤은 다이애나에게 딸기 주스 한 잔을 부어 주며 말했다.

"나는 사과를 많이 먹어서 그런지, 지금은 딸기 주스를 마시고 싶지 않아. 자, 이건 다이애나 네 거야. 맛있게 마시렴."

앤은 큰 잔에 가득 딸기 주스를 따라 다이애나에게 권했다.

다이애나는 딸기 주스를 한 모금 맛보더니, 정말 맛있어 했다.

"마릴라의 딸기 주스는 정말 맛있구나. 예전에는 딸기 주스가 이렇게 맛있는 것인 줄 몰랐어."

앤은 딸기 주스를 맛있게 마시는 다이애나를 보며 흐뭇하게 웃었다.

"맛있다니 정말 다행이야. 먹고 싶은 만큼 먹어. 나는 잠깐 저쪽에 가서 불을 피우고 올게. 오늘은 마릴라 대신에 집안 살림에 신경 써야 하거든."

앤이 다시 부엌에 돌아왔을 때는, 다이애나가 딸기 주스를 무려 석 잔이나 마신 뒤였다.

다이애나가 비틀거리며 일어서더니, 곧 머리를 만지며 주저앉았다. 그리고 숨을 쉬기가 곤란한 듯 헐떡였다.

앤은 깜짝 놀라 다이애나를 부축했다.

“왜 그러니, 다이애나? 어디가 안 좋은 거니?”

“잘 모르겠어, 앤. 그런데 지금 너무 기분이 좋지 않아. 세상이 막 빙글빙글 도는 것만 같아. 아, 머리가 어지러워. 이만 집에 가야겠어.”

다이애나는 비틀거리며 문밖을 나섰다.

앤은 다이애나를 황급히 쫓아갔다.

“정말 이대로 집으로 돌아갈 생각이니? 아직 차도 마시지 않았고, 과일이 든 케이크와 버찌 설탕 절임도 먹지 않았는걸.”

“앤, 미안해. 지금 당장 집에 가야겠어.”

다이애나는 이제 발음까지 정확하지 않았다.

“오늘 너를 집으로 초대한다고 얼마나 신이 났었는데, 그냥 가겠다는 거니?”

이제는 앤의 부탁도 다이애나의 귀에 들리지 않는 것 같았다.

하는 수 없이 앤은 다이애나를 그녀의 집 마당까지 바래다주었다.

그리고 잔뜩 실망한 앤은 울면서 초록 지붕 집으로 돌아와야만 했다.

다이애나를 초대했던 일이 실망스럽게 끝난 며칠 뒤, 다이애나를 만나러 간다던 앤이 다시 집으로 달려 들어왔다.

앤은 부엌 식탁에 쓰러지듯 엎드리더니 와락 서럽게 울음을 터뜨렸다.

앤의 울음소리에 놀란 마릴라가 부엌으로 달려왔다.

"앤, 다이애나네 집에 간다더니 왜 벌써 온 거니? 그리고 무슨 일이 있었기에 그렇게 서럽게 우는 게냐?"

마릴라가 놀라서 묻자, 앤은 너무나도 슬픈 표정으로 흐느끼며 말했다.

"오늘 다이애나를 만나려고 배리가에 갔는데 배리 아주머니께서 제게 몹시 화를 내셨어요. 제가 지난번에 다이애나를 집으로 초대해서는 술에 취하게 해서 돌려보냈다고 하시더군요. 배리 아주머니는 저를 아주 나쁜 아이라고 하셨어요. 그리고 두 번 다시는 다이애나와 놀게 하지 않을 작정이라고 하셨어요."

마릴라는 어리둥절한 얼굴로 물었다.

"앤, 그게 무슨 소리냐? 네가 다이애나를 취하게 했다고? 도대체 네가 그날 그 아이에게 무엇을 먹였기에 그러니?"

"마릴라, 저는 다이애나가 취할 만한 것은 준 적이 없어요. 더군다나 술은 구경도 못한걸요. 제가 다이애나에게 준 것은 딸기 주스뿐이에요. 다이애나는 딸기 주스가 맛있다면서 큰 컵으로 석 잔이나 마셨어요."

"혹시 그 딸기 주스가 문제인 것은 아니니?"

마릴라는 거실 찬장으로 가 보았다. 찬장 속의 병을 보고서 마릴라는 첫눈에 그것이 직접 담근 포도주라는 것을 알아차렸다.

"하하하! 앤, 네가 다이애나에게 먹인 것은 딸기 주스가 아니라 포도주였어. 그걸 몰랐단 말이니?"

마릴라는 도무지 웃음을 참을 수가 없었다.

앤은 억울한 듯이 마릴라에게 하소연했다.

"하지만 마릴라, 저는 마시지 않았어요. 그리고 그게 딸기 주스인 줄만 알았어요. 저는 정성껏 대접했는데, 다이애나는 기분이 좋지 않다면서 집으로 돌아가겠다고 했어요. 곤드레만드레 취했다고 배리 아주머니가 린드 아주머니께 말씀하셨대요. 배리 아주머니가 도대체 어떻게 된 일이냐고 물어도 다이애나는 바보처럼 웃기만 하고, 몇 시간 동안이나 잠만 잤다는 거예요. 다이애나의 몸에서 술 냄새가 나자 그제야 취했다는 걸 아셨대요. 다이애나는 어제 하루 종일 두통에 시달렸고, 배리 아주머니는 몹시 화가 나셨대요."

마릴라는 웃음을 멈추고는 냉정하게 말했다.

"큰 컵으로 석 잔이나 마신 다이애나에게도 책임이 있는 것 같구나. 그렇게 큰 컵으로 석 잔이나 마셨다면 그게 설사 딸기 주스였다고 해도 배탈이 났을 거야. 앤, 이제 그만 울어라. 나는 네가 나쁜 아이라고 생각하지 않는다. 배리 부인도 너에게 잘못이 없다는 것을 알면 생각이 달라지실 거야. 틀림없이 네가 어처구니없는 장난을 했다고 생각하고 계실 테니, 오늘 저녁에 찾아가서 사정 이야기를 하고 오는 것이 좋겠다."

"하지만 배리 부인은 이미 다이애나의 일로 기분이 몹시 상하셔서 저를 만나 주지 않으실지도 몰라요. 다이애나와 제가 영원히 헤어지게 되면 어쩌죠? 마릴라가 저 대신 가서 잘 설명해 주시면 안 될까요?"

듣고 보니 마릴라도 그러는 편이 낫겠다고 생각했다.

"그래, 이런 일은 어른들이 나서서 차근히 얘기하는 게 좋을 것 같구나."

앤의 부탁으로 마릴라는 그 길로 배리 부인을 만나러 갔다.

앤은 마릴라가 좋은 소식을 가지고 오기만을 기다리며 문 앞을 서성거렸다.

한참 뒤, 마릴라는 그리 밝지 않은 표정으로 집에 돌아왔다.

앤은 마릴라의 표정으로 대충의 일을 짐작할 수 있었다.

"아아, 배리 아주머니께서 용서해 주지 않으셨지요, 마릴라? 일이 잘 풀리지 않은 게 틀림없군요."

마릴라는 물 한 잔을 벌컥벌컥 들이켜며 몹시 불쾌하다는 듯이 말했다.

"다이애나의 일에 대해 오해를 풀러 갔더니, 오히려 기가 막

히더구나! 배리 부인은 지독히 고집이 센 사람이었어. 실수로 그랬을 뿐이지 일부러 다이애나에게 포도주를 먹인 것은 아니라고 아무리 이야기해도 도무지 알아듣지를 못해. 그래서 나도 분명하게 한마디 해 주었다. 나는 포도주를 남에게 한꺼번에 석 잔이나 먹이기 위해 담근 것이 아니고, 만일 내 아이가 그런 먹보였다면 손바닥으로 때려서라도 제정신이 돌아오게 해 주었을 거라고 말이다.”

마릴라는 부엌을 이리저리 서성이며 분을 삭이지 못했다.

앤은 더욱 절망에 빠진 표정으로 골똘히 생각에 잠겼다.

그러고는 무언가 결심했다는 듯이 입술을 꼭 깨물고 다이애나의 집으로 향했다.

“이번에는 앤, 너로구나. 그래, 무슨 일이니?”

배리 부인은 앤을 보자 찬바람이 몰아치듯이 차갑게 대했다.

“아주머니, 용서해 주세요. 저어, 다이애나를 취하게 할 생각은 전혀 없었어요. 단 한 명뿐인 마음속 친구를 일부러 취하게 하려는 사람이 어디 있겠어요? 저는 그것이 딸기 주스인 줄로만 알았어요. 부디 다이애나와 놀지 못하게 하겠다는 말씀은 하지 마세요.”

앤은 배리 부인에게 진심으로 사과했다.

그러나 배리 부인은 더욱 화를 내며 잔인하게 대답했다.

“앤, 나는 무엇보다도 너와 다이애나가 함께 어울리는 것이 마음에 들지 않는구나. 너는 다이애나의 친구로 어울리는 아이가 아니야. 이제 더는 듣고 싶은 말이 없으니 어서 집으로 돌아가거라.”

배리 부인은 그렇게 쌀쌀맞은 말을 남기며 쾅 하고 문을 닫아 버렸다.

앤은 슬픔과 절망으로 온몸을 부들부들 떨었다.

결국 다이애나를 만나 보지도 못한 채, 앤은 힘없이 집으로 돌아와야 했다.

앤은 조용히 자신의 방으로 올라가 하염없이 눈물을 흘렸다.

“앤, 일이 이렇게 된 것은 네 탓이 아니란다. 배리 부인도 언젠가는 마음을 풀고 다시 너와 다이애나가 만날 수 있도록 해 줄 거야.”

마릴라는 앤의 등을 가만히 쓰다듬어 주었다.

앤과 다이애나는 이렇게 안타까운 이별을 해야 했다.

앤이 다이애나와 헤어진 다음 해 1월, 유난히 바람이 매섭게 부는 추운 밤이었다. 처마 끝에는 고드름이 매달려 있었고, 바람은 짐승이 우는 소리를 내며 불고 있었다.

에이번리 마을 사람들은 대부분 샬럿타운에서 열리는 국민 대회에 참석하기 위해 그곳으로 갔고, 마릴라와 린드 부인도 거기에 동참했다.

앤은 매슈와 함께 벽난로 앞에 앉아 불을 쬐고 있었다.

앤은 진지한 얼굴로 공부를 하고 있었다. 다이애나와 어울리지 못하게 된 뒤로, 다이애나를 볼 수 있을 거라는 생각에 다시금 학교에 다니기 시작한 것이었다.

열심히 공부하는 앤을 지켜보던 매슈가 말했다.

"요전에 카모티의 블레어 상점에서 필립스 선생님을 만났는데, 선생님은 네가 학교에서 가장 머리가 좋은 아이이고 성적도 놀라울 만큼 향상되고 있다고 나에게 말씀하셨단다. 너는 앞으로 더욱 뛰어난 학생이 될 거야."

앤은 매슈의 칭찬에 부끄러운 듯이 대답했다.

"꼭 그렇지만도 않아요, 매슈 아저씨. 제가 기하 때문에 지금 얼마나 힘든지 아신다면 그런 말씀을 못하실 거예요. 기하는 정말 싫어요. 늘 제 길을 턱 하고 막거든요."

앤의 말에 매슈는 미소를 지었다.

그때였다.

누군가 문을 세차게 두드리는 소리가 들렸다.

앤은 깜짝 놀라서 문을 열었다.

문밖에는 얼굴이 새파랗게 질린 다이애나가 숨을 헐떡이고 있었다.

“다이애나, 이렇게 늦은 시간에 여기까지 웬일이니?”

다이애나는 차마 말을 잇지 못하고 울음부터 터뜨렸다.

“흑흑흑, 앤, 어쩌면 좋아. 미니메이가 몹시 아파. 머리는 펄펄 끓고 온몸에서는 땀이 쉴 새 없이 흘러. 유모 말로는 후두염에 걸린 것 같대. 부모님은 모두 시내에서 열리는 국민 대회에 참석하러 가시고 안 계셔. 의사 선생님을 모시러 가야 하는데, 마땅히 갈 사람도 없고, 미니메이를 저대로 두었다가는 정말 큰일이라도 벌어질 것 같아.”

미니메이는 다이애나의 세 살짜리 동생이었다.

매슈는 다이애나의 말을 듣자마자 모자와 외투를 챙겨 들었다.

“다이애나, 내가 마차로 의사 선생님을 모시러 시내로 가마. 그동안 너는 앤과 함께 집으로 돌아가서 미니메이의 상태가 더 나빠지지 않도록 돌보고 있어라.”

매슈는 황급히 마차를 꺼내기 위해 밖으로 나갔다.

다이애나가 흐느껴 울었다.

“매슈 아저씨가 시내로 가긴 하셨어도 의사 선생님을 쉽게 찾지는 못하실 거야. 의사 선생님도 아마 국민 대회에 참석하셨을 테니까.”

앤은 외투를 챙겨 입고 다이애나를 달랬다.

"다이애나, 너무 걱정하지 마. 매슈 아저씨가 반드시 의사 선생님을 찾아서 모셔 오실 거야. 그보다는 내가 후두염에 걸렸을 때 어떻게 해야 하는지 잘 알고 있으니 어서 미니메이에게 가자. 내가 이모 댁에 있으면서 쌍둥이들을 돌봤다는 것을 알지? 쌍둥이들이 후두염에 걸렸을 때 했던 것들을 모두 기억하고 있으니 걱정하지 마."

앤은 다이애나와 함께 서둘러 배리가로 달려갔다.

미니메이는 열이 매우 높았고 몸을 자주 뒤척이며 누워 있었는데, 거친 숨소리가 집 안에 울려 퍼졌다. 한눈에 보기에도 매우 위독한 상태라는 것을 알 수 있었다.

유모는 경험이 없는 어린 사람이라 어찌할 바를 몰라 당황해하고 있었다.

"다이애나, 집에 있는 약통에서 가래를 토하게 하는 약이 있는지 찾아봐 줄래?"

앤은 미니메이의 상태를 찬찬히 살펴보았다.

'미니메이는 분명히 후두염이야. 상태가 꽤 심각하지만 그래도 할 수 있는 데까지 해 봐야지.'

앤이 유모에게 소리쳤다.

"뜨거운 물이 많이 필요하니까 난로에 장작을 지펴서 물을 데워 주세요."

어느새, 다이애나가 약을 찾아서 앤의 곁에 서 있었다.

"다이애나, 미니메이에게 그 약을 한 모금 마시게 해야 돼."

다이애나는 미니메이를 품에 안고 입 안에 약을 흘려 넣었다.

그러나 미니메이는 좀처럼 약을 먹으려 하지 않았다.

"이리 줘, 내가 할게."

앤은 쌍둥이들을 기른 경험을 되살려서 어렵지 않게 약을 먹였다.

그렇게 한참 시간이 흘렀고, 동이 틀 무렵이 되어서야 매슈가 의사 선생님을 모셔 왔다.

의사 선생님이 도착했을 때, 미니메이는 언제 아팠냐는 듯 편안해진 표정으로 푹 잠들어 있었다.

의사 선생님이 미니메이를 살펴보고는 앤에게 말했다.

"잘했다. 네 덕분에 이 아이가 살았어. 응급조치가 조금만 늦었더라도 생명이 위태로웠을 거야."

앤은 그제야 안심하며 환하게 웃었다.

매슈와 앤은 새벽길을 걸어 함께 집으로 돌아왔다.

매슈도 앤도 모두 지쳐서 각자의 침실에 들어가자마자 그대로 쓰러져 잠이 들었다.

앤이 눈을 떴을 때는 이미 오후가 되어 있었고, 시내에서 돌아온 마릴라는 부엌에서 뜨개질을 하고 있었다.

앤을 보자 마릴라가 말했다.

"앤, 일어났니? 지난밤에 많이 힘들었을 텐데 식사부터 해라. 매슈 오빠에게 어젯밤 일을 들었어. 네가 그런 응급조치 방법을 알고 있어서 정말 다행이었구나."

"매슈 아저씨가 벌써 이야기를 다 하셨단 말씀이에요? 아니에요, 아직도 제 이야기는 더 남았는걸요."

앤은 어젯밤 일을 마릴라에게 이야기하느라 정신이 없었다.

마릴라는 그런 앤의 모습이 사랑스럽기만 했다.

"네가 잠자는 동안 배리 부인이 오셨단다. 미니메이의 목숨을 구해 줘서 고맙다고 하시더구나. 포도주 사건에 대해서는 너에게 무례하게 대해서 미안하다며 그 일은 잊어버리고 다시 다이애나와 사이좋게 지내 줄 수 없겠느냐고 하셨다. 그리고 오늘 저녁 식사에 너를 초대하셨어."

"네, 그게 정말이에요? 드디어 배리 부인이 저를 용서해 주신 거네요?"

앤은 펄쩍펄쩍 뛰며 기뻐했다.

마릴라는 한쪽 눈을 질끈 감으며 말했다.

"앤, 오늘은 설거지를 하지 않아도 되니까 얼른 다이애나에게 가 보렴. 배리 부인의 말로는 다이애나가 지독한 독감에 걸려서 앓아누웠다고 하시더구나."

“어머, 그래요? 그런 일이라면 진작 말씀해 주지 그러셨어
요.”

앤은 다이애나가 아프다는 말에 모자와 외투도 걸치지 않고
배리가로 달려갔다.

마릴라는 달려가는 앤의 뒷모습 위로 햇살이 따스하게 내리
쬐는 것을 지켜보았다.

“저 아이를 돌보기로 한 것은 정말 잘한 일이야.”

잊지 못할 추억

다이애나와 앤은 예전처럼 다시 좋은 친구로 지내며 하루하루 추억을 쌓아가고 있었다.

2월 어느 저녁, 앤이 헐레벌떡 집으로 뛰어 들어와 마릴라에게 말했다.

"세상에나! 마릴라, 내일이 다이애나의 생일이래요. 오늘 배리 아주머니께서, 다이애나에게 학교에서 직접 저를 데리고 와서 잘 수 있게 초대하라고 하셨대요. 그리고 다이애나의 사촌들이 와서 저와 다이애나를 공회당에서 열리는 음악회에 데리고 가 준대요. 배리 아주머니는 다이애나와 제가 손님용 침실에서 자도 좋다고 말씀하셨대요. 다이애나 말로는 자기 집에서 그 방이 가장 멋지대요. 정말 근사하지요? 저는 벌써부터 가슴이 두 근거려요. 마릴라, 제가 내일 그곳에 가도 괜찮겠지요?"

앤의 말을 잠자코 듣고 있던 마릴라가 한마디 했다.

"앤, 나는 다른 것은 몰라도 사람은 자기 집에서 잠을 자야 한 다고 생각한단다. 밤에는 자기 침대에서 조용히 자는 것보다 더 좋은 것은 없으니까 말이다. 다이애나의 생일을 축하해 주는 것 은 좋지만 그 집에서 자고 오는 것은 허락할 수 없다."

"그렇지만 내일은 다이애나의 생일인걸요."

앤은 마릴라의 소맷자락을 붙들고 계속해서 졸라 댔다.

그래도 마릴라는 전혀 반응이 없었다.

앤은 그만 풀이 죽어서 자신의 방으로 올라가 버렸다.

마릴라는 그런 앤의 모습을 보고는 마음이 흔들렸다.

'그래, 모처럼 다이애나의 생일인데 허락해 주는 것도 나쁘지 않겠지. 설마 무슨 일이 있기라도 하겠어?'

결국 마릴라는 앤이 다이애나의 집에서 자는 것을 허락했다.

다음 날, 앤은 다이애나의 생일을 맞아 더 없이 즐거운 하루 를 보냈다.

앤과 다이애나는 음악회에서 특별한 즐거움을 느낀 뒤 늦은 시간에야 다이애나의 집으로 돌아왔다.

집안 식구들이 모두 자고 있어서 앤과 다이애나는 손님용 침실로 이어져 있는 좁고 긴 복도를 까치발을 하고 걸어갔다.

앤과 다이애나는 기분 좋게 피곤했고, 빨리 침대 속으로 들어가고 싶었다.

앤은 다이애나에게 짓궂은 제안을 했다.

"다이애나, 우리 누가 더 빨리 침대에 들어가는지 내기하자."

"좋아, 내가 이기고 말 테다!"

앤과 다이애나는 누가 먼저랄 것도 없이 손님용 침대 위로 거의 동시에 껑충 뛰어 올라갔다.

그때였다.

"으악! 나를 누르는 게 누구냐?"

침대 속에서 누군가가 비명을 질렀다.

앤과 다이애나는 침대에서 내려와 정신없이 방 바깥으로 뛰어나왔다.

두 사람은 거의 뜬눈으로 밤을 지새우며 지난밤 비명의 주인공이 누구일까를 고민했다.

다음 날 아침, 다이애나는 앤에게 걱정스럽게 말했다.

"앤, 생각해 보니 어제 그분은 조세핀 할머니이신 것 같아. 아버지의 아주머니신데, 샬럿타운에 살고 계셔. 연세가 굉장히 많으신데, 한 70살쯤 되셨을 거야. 할머니가 오신다는 것은 알았지만, 이렇게 빨리 오실 줄은 몰랐어. 몹시 꼼꼼하고 엄한 분이 시라서 나중에 틀림없이 꾸중을 들을 거야.”

앤은 조세핀 할머니를 만나면 사과를 하리라 생각했지만, 어쩐지 할머니는 아침 식사 시간에 모습을 보이지 않으셨다.

앤은 아침 식사가 끝난 후 서둘러 집으로 돌아왔기 때문에, 곧 일어난 배리가의 소동에 대해서는 알지 못했다.

그러나 저녁때 린드 부인 집에 다녀온 마릴라를 통해 비로소 이후의 일을 알 수 있었다.

마릴라는 조금은 걱정스러운 표정으로 앤에게 말했다.

“다이애나의 집에 조세핀 할머니가 오셨는데, 어젯밤 너희들이 저지른 일로 대단히 화가 나셨던 모양이야. 한 달 머무를 예정으로 오셨는데, 내일 당장 돌아가겠다고 하셨다는구나. 그리고 다이애나의 음악 수업료를 1기분 내 주겠다고 약속하셨는데, 다이애나와 같은 말괄량이에게는 아무것도 해 주지 않겠다고 하셨다는 거야. 다이애나네 식구들은 그 일 때문에 몹시 곤란해 하고 있는 것 같아.”

앤은 마릴라의 말에 온몸의 기운이 빠져나가는 것을 느꼈다.

‘그래, 따지고 보면 모든 게 내 잘못이야. 다이애나는 얌전하기 짝이 없는 아이인데, 괜히 내가 장난을 치는 바람에 일이 이렇게 된 거야.’

앤은 배리가로 조세핀 할머니를 찾아가기로 결심했다.

똑똑똑, 앤은 조세핀 할머니의 방문을 조심스럽게 두드렸다. 그러자 나지막하게 조세핀 할머니의 목소리가 들렸다.

"누구냐? 들어오너라."

앤은 살며시 문을 열고 방으로 들어갔다.

조세핀 할머니는 마르고 매우 신경질적으로 생긴 사람이었는데, 돋보기안경을 쓰고는 책 같은 것을 열심히 읽고 있었다.

한참 뒤에야 조세핀 할머니가 앤을 돌아보았다.

"다이애나라고 생각했는데, 아니구나. 그런데 도대체 너는 누구냐?"

앤은 크게 숨을 들이쉬고 조세핀 할머니 곁으로 다가갔다.

"저는 초록 지붕 집에 사는 앤이에요. 저어, 어젯밤 침대로 뛰어 올라간 것은 모두 저 때문이에요. 다이애나는 그런 짓을 생각해 내지도 못 해요. 아주 얌전한 아이거든요. 그 점을 알아 주셨으면 좋겠습니다. 저희는 그저 장난을 쳤을 뿐이에요. 어쨌든 다이애나를 용서하시고, 음악 공부를 시켜 주세요. 다이애나는 음악 공부를 무척이나 좋아하고 또 열심히 하거든요. 만일 누군가에게 화를 내셔야 한다면 저에게 화를 내 주세요. 어렸을 때부터 꾸지람 듣는 일에 익숙해져 있기 때문에, 다이애나보다 훨씬 쉽게 참을 수 있을 거예요."

앤은 모든 말을 마치고 조세핀 할머니의 불호령이 떨어지길 기다렸다. 그런데 뜻밖에도 조세핀 할머니는 그런 앤이 재미있다는 듯이 눈을 깜박이고 있었다.

"그래, 네 말이 무슨 뜻인지는 잘 알겠다. 하지만 장난으로 그랬다는 것이 타당한 이유가 된다고는 생각하지 않는다. 너희들은 긴 여행으로 지친 이 늙은 할미의 단잠을 방해했단다."

"그런데 할머니도 저희 입장이 되어 보세요. 그날은 저희가 손님용 침실에서 자기로 되어 있었기 때문에, 그 침대에 누군가가 있으리라고는 전혀 생각지도 못 했어요. 그래서 할머니의 비명 소리에 얼마나 놀랐는지 몰라요. 그리고 할머니는 언제나 손님용 침실에서 주무시는 것에 익숙하시겠지만, 저 같은 고아가 그곳에서 잘 수 없었던 것이 얼마나 실망스러웠을지 한번 생각해 보셨으면 해요."

앤의 말이 끝나자, 조세핀 할머니가 갑자기 소리를 내어 웃기 시작했다.

"앤이라고 했니? 너는 참 재미있는 아이로구나. 나의 상상력이 조금은 녹슬었는지도 모르겠다. 쓰지 않은 지 꽤 되었으니까 말이다. 그렇게 조리 있게 변명을 하다니, 나로서도 더는 할 말이 없구나."

조세핀 할머니가 다시 말을 이었다.

"앤, 너와 다이애나를 용서하마. 대신에 이따금씩 나를 찾아

와서 재미있는 이야기를 들려 다오.”

“고맙습니다, 조세핀 할머니. 가끔씩 할머니를 뵈러 오겠어
요.”

앤은 자신의 실수를 만회할 기회를 얻은 것이 무엇보다 기
뻤다.

그리고 다짐했다.

다시는 사랑하는 사람들이 자기 때문에 곤경에 처하는 일이
없도록 하겠다고.

학기가 끝나 갈 무렵, 앤과 친구들은 학교 학예회에서 연극을
선보이기로 했다.

마땅히 연습할 장소를 찾지 못한 아이들은 초록 지붕 집 거실
에서 학예회 때 발표할 연극 연습을 하기로 했다. 아이들은 연극
연습보다도 함께 모여 웃고 떠드느라 시간 가는 줄을 몰랐다.

때마침, 매슈가 밭일을 마치고 집으로 돌아왔다.

매슈는 집 안에 울려 퍼지는 소녀들의 웃음소리를 따라 거실
로 갔다.

앤과 여러 명의 소녀가 모여서 무언가를 열심히 연습하고 있
었다.

매슈는 그 자리에 가만히 서서 그 아이들이 하는 것을 지켜보

왔다.

'이상해. 어쩐지 앤이 다른 아이들과 좀 다르게 느껴지는걸?'

매슈는 자신의 방으로 돌아와 혼자 생각에 잠겼다.

'앤이 아이들과 다르게 느껴지는 것은 앤의 옷차림 때문이야. 다른 아이들은 제 나이에 맞게 모두 색이 밝고 화사한 옷을 입고 있는데, 앤만 차분한 색깔에 장식이 없는 옷을 입고 있었어.'

매슈는 그 길로 린드 부인에게 갔다.

매슈는 앤에게 학예회 때 입을 새 옷을 한 벌 지어 주기로 결심했다.

평소 린드 부인을 탐탁지 않게 여기던 매슈였지만, 린드 부인은 에이번리 마을에서 둘째가라면 서러울 정도로 바느질 솜씨가 좋기 때문이었다.

물론 이 일을 마릴라가 알게 된다면 크게 언짢아 하겠지만, 매슈는 마릴라가 절대로 앤에게 화려한 옷을 만들어 주지 않을 거라는 것을 누구보다도 잘 알고 있었다.

매슈는 린드 부인에게 자초지종을 설명했다.

"앤이 학예회 때 입고 갈 수 있도록 색깔이 화려하고 고운 옷을 만들어 주고 싶어요."

린드 부인은 앤을 생각하는 매슈의 마음을 느끼고 흔쾌히 만들어 주겠다고 약속했다.

매슈는 몹시 기뻐하며 집으로 돌아갔다.

매슈가 린드 부인에게 옷을 부탁한 지 2주일 정도가 지났다.

그동안 마릴라는 혼자서 히죽히죽 웃는 매슈가 이상하다고 생각하고 있었다.

'매슈 오빠에게 무슨 꿍꿍이속이 있는 것이 틀림없어. 뭔지는 모르지만 뭐가 그리 기쁜지 늘 웃잖아?'

마릴라는 곧 그 이유를 알 수 있었다.

크리스마스이브에 린드 부인이 앤의 새 옷을 가지고 나타난 것이었다.

마릴라는 어이가 없다는 표정으로 매슈를 흘겨보며 말했다.

"매슈 오빠, 저한테는 한마디 상의도 없이 앤에게 이렇게 화려한 옷을 지어 주셨군요. 앤에게는 옷이 더 이상 필요 없다고 생각해요. 저는 앤에게 이미 충분히 옷을 만들어 주었어요. 앤처럼 어린 소녀에게 이렇게 화려한 옷이 왜 필요한지 모르겠군요. 매슈 오빠, 오빠는 앤에게 허영심만 키워 주고 있을 뿐이에요."

그러나 매슈는 마릴라의 그런 말 따위는 신경 쓰지 않았다. 그저 앤에게 같은 또래 소녀다운 밝고 화사한 옷을 선물할 수 있게 된 것이 기쁘기만 했다.

앤이 매일 밤 기도하며 손꼽아 기다리던 크리스마스 아침에는 하얀 눈이 내렸다. 눈은 온 세상을 뒤덮어, 에이번리 마을을 은빛 세상으로 만들어 놓았다.

아침에 눈을 뜨자마자 창밖을 내다본 앤은 자신의 눈을 믿을 수가 없었다.

앤은 쿵쾅거리면서 아래층으로 뛰어 내려갔다.

"매슈 아저씨, 마릴라, 메리 크리스마스! 드디어 제 기도를 하느님께서 들어주셨어요. 그동안 매일 밤, 저는 초록 지붕 집에서 화이트 크리스마스를 맞게 해 달라고 기도했거든요."

때마침 아래층에서는 매슈와 마릴라가 앤에게 줄 선물을 준비하고 있었다.

매슈는 얼굴 가득 웃음을 띤 채 앤에게 반짝이는 상자 하나를 내밀었다.

"그래, 그렇구나, 앤. 아름다운 화이트 크리스마스로구나. 자아, 이걸 받으렴. 내가 너에게 주는 작은 선물이란다."

매슈가 조심스레 앤에게 선물을 주는 동안, 마릴라는 차를 따르면서 곁눈질로 그 모습을 지켜보았다.

앤은 큰 눈을 더욱 동그랗게 뜨고 소리 질렀다.

"어머, 매슈 아저씨! 그것을 저에게 주시는 거예요?"

앤은 상자를 받아 들고는 재빨리 상자에 묶여 있는 리본을 풀었다. 상자 안에는 린드 부인이 정성스럽게 만든 앤의 새 옷이

들어 있었다.

앤은 너무 감격한 나머지, 말도 하지 못하고 뚫어지게 쳐다보기만 했다. 감촉이 매끄러운 멋진 갈색 비단 옷감! 우아하고 아름다운 주름 스커트와 블라우스. 특히 가장 근사한 것은 갈색 비단 리본으로 나비 묶음을 하여 크게 부풀린 소매였다.

앤은 한동안 옷에 손을 대지 못하고 멍하니 바라보고만 있었다.

"앤, 왜 그러니? 마음에 들지 않니?"

매슈는 앤의 반응에 당황했다.

"그게 아니에요. 너무나 마음에 들어서 어떻게 해야 할지를 모르겠어요. 이렇게 예쁜 옷을 내가 입을 수 있다는 게 실감이 나지 않아요."

앤은 기뻐서 어쩔 줄 몰라 하며 말했다.

그때였다.

마릴라가 거실로 나오더니 매슈와 앤을 부엌으로 밀어 넣으며 말했다.

"자아, 이제 두 사람 모두 크리스마스 아침에 맛있는 식사를 해야죠. 그리고 앤, 나는 매슈 오빠가 너에게 이렇게 화려한 옷을 선물하는 것에는 반대한다. 너는 아직 어린 소녀야. 검소함과 절제를 배워야 할 나이란다. 그렇지만 어쨌든 매슈 아저씨께

서 지어 주셨으니 소중히 생각하고 입어야 한다. 자아, 앉아라.”

“아, 마릴라, 무척 기뻐서 아무것도 먹을 수 없을 것 같아요. 매슈 아저씨! 정말 고마워요. 앞으로는 착한 아이가 되도록 더욱더 노력할게요.”

그날 저녁, 앤은 학교에서 열린 학예회에 매슈가 선물한 옷을 입고 갔다.

“어머! 앤, 못 보던 옷이네. 정말 예쁘다!”

“그래, 앤. 우아하고도 아름다운 옷이야!”

다이애나와 친구들은 앤의 옷이 무척 아름답다고 입을 모아 칭찬했다.

앤은 학예회에 참여하는 내내 매슈의 사랑을 느끼며 기뻐했다.

학예회의 끝 순서로 앤과 친구들은 그동안 준비해 온 연극을 공연했다.

앤은 자신의 역을 훌륭히 소화해서, 함께 온 매슈와 마릴라에게 큰 기쁨을 안겨 주었다.

매슈와 마릴라는 서로의 얼굴을 바라보며 흐뭇해 했다.

매슈가 자랑스럽다는 듯이 말했다.

“마릴라, 지금도 앤을 돌보기로 한 걸 후회하니? 우리 앤은 누구에게도 지지 않을 정도로 많은 것을 잘 해내고 있어. 이제 우리는 그 아이의 미래를 위해 앞으로 우리가 어떻게 해야 좋을

지를 슬슬 생각해야 할 것 같구나."

"아니요, 매슈 오빠. 저는 앤과 함께 지내길 정말 잘했다고 생각하고 있어요. 그리고 오늘 밤에는 앤도 이제 많이 컸구나 하고 깜짝 놀랐고요. 앤에게 해 줄 일은 자신의 꿈을 펼칠 수 있도록 상급 학교에 진학시키는 거겠죠? 이제부터 시간을 두고 천천히 생각해 보도록 해요."

마릴라는 무대 위에서 행복하게 웃고 있는 앤을 따뜻하게 바라보았다.

사고뭉치 앤

어느 날 저녁, 마릴라는 교회에서 열리는 바자회 준비로 평소보다 늦게 초록 지붕 집으로 돌아오고 있었다.

"늦을지도 몰라서 앤에게 저녁을 부탁하고 오길 잘한 것 같아."

마릴라는 더욱더 걸음을 재촉했다.

그러나 막상 마릴라가 초록 지붕 집에 도착해 부엌에 들어가 보니, 불은 꺼져 있고 아무 데에도 앤이 보이지 않았다.

마릴라는 앤에게 몹시 실망했고 화가 났다.

"이런 이런……, 앤은 도대체 어디로 가 버린 거야. 앤은 분명 다이애나와 함께 돌아다니며 수다 떨기에 열중하고 있을 거야.

지금까지 한 번도 약속을 어기거나 제멋대로 군 적이 없었는데, 정말 실망스러워. 앤이 돌아오면 따끔하게 혼을 내야겠어.”

마릴라는 몹시 화가 난 얼굴로 중얼거리고는 재빨리 저녁 식사를 준비하기 시작했다.

어두워지고 나서야 겨우 저녁 식사가 준비되었는데, 앤은 그때까지도 돌아오지 않았다.

매슈는 저녁 식사 때까지 앤이 보이지 않자, 걱정이 되었다.

“마릴라, 아무래도 앤에게 무슨 일이 생긴 것 같구나. 그렇지 않고서야 너와 약속을 하고 이렇게 사라질 리가 없다. 반드시 무슨 사연이 있을 것 같구나.”

시간이 지나면서 마릴라도 매슈와 마찬가지로 앤이 걱정되었다.

“앤 셜리, 대체 어디에 있는 거니? 이 시간까지 집으로 돌아오지도 않고.”

마릴라는 앤에 대한 걱정으로 접시를 제대로 씻지도 못 했다.

마릴라는 걱정스러운 마음에 2층에 있는 앤의 방으로 올라갔다.

마릴라가 앤의 방문을 열자, 저쪽 침대에 무언가 희끄무레한 것이 있는 것이 보였다. 어렴풋이 보이는 그것은 머리까지 이불을 뒤집어쓰고 침대에 누워 있는 앤이었다.

마릴라는 놀라서 그만 뒤로 까무러칠 뻔했다.

"에구머니나, 앤! 이때까지 네 방에 누워 있었던 거니? 우리가 얼마나 너를 찾았는지 알기나 해? 어디 말 좀 해 봐라!"

마릴라는 앤 쪽으로 불빛을 비추며 더 가까이 다가갔다.

그러자 앤이 소리쳤다.

"마릴라, 부탁이에요. 제발 저쪽으로 가 주세요. 저를 쳐다보지 마세요. 저는 지금 절망의 구렁텅이에 빠져 있어요."

"왜 그러니, 앤? 어디가 아프니?"

"아니에요."

앤은 다 죽어 가는 목소리로 말했다.

"앤, 아픈 것도 아니라면 도대체 무슨 일로 그렇게 침대에 누워 있는 거니?"

그러자 앤은 조용히 자리에서 일어나 마릴라의 곁으로 다가왔다.

마릴라는 불빛으로 앤의 얼굴을 비춰 보고는 놀라서 뒤로 몇 걸음 물러섰다.

"어머나, 앤! 네 머리가 왜 그 꼴이 됐느냐? 머리 색이……초, 초록이잖니? 이제 대체 어떻게 된 일이니?"

앤의 머리카락은 윤기 없는 청동빛의 기묘한 초록색으로 변해 있었다.

앤은 손으로 얼굴을 가리며 울부짖기 시작했다.

"마릴라, 머리카락 때문에 그래요. 제 머리가 초록색으로 변해 버렸어요. 빨간 머리만큼 보기 싫은 것은 없다고 생각했는데, 이제 보니 초록색이 몇 배나 더 보기 싫다는 것을 알았어요. 오늘 오후에 행상이 집 앞을 지나가기에 그 사람에게 가루 염색약을 샀어요. 그 사람이 제 빨간 머리카락을 아름다운 검은 머리카락으로 바꿀 수 있다고 말했기 때문이에요."

마릴라는 답답하고 화가 나서 앤에게 버럭 소리를 질렀다.

"앤, 낯선 행상인을 절대로 집 안에 들여서는 안 된다고 몇 번이나 너에게 말했잖니?"

"집 안에 들어오게 하지는 않았어요. 문을 닫고 바깥으로 나와 현관 층계에서 그 사람의 물건을 보았거든요. 일해서 돈을 모아 아내와 아이를 독일에서 데리고 올 생각이라고 하기에, 저도 무엇인가 사서 도와주어야겠다고 생각했어요. 그 사람이 머리 염색약을 주면서 그것은 보증할 수 있는 것이며, 어떤 머리카락이라도 아름답게 만들어 주고 감아도 결코 색이 빠지지 않는다고 했어요. 그 순간 저는 새까매진 저의 머리가 눈앞에 떠올라 사지 않을 수가 없었어요. 그래서 얼른 물을 들였는데 이렇게 끔찍한 색으로 변해 버렸지 뭐예요."

앤은 다시 침대에 쓰러져 하염없이 울었다.

마릴라는 그런 앤을 다독거리며 말했다.

"걱정 마라, 앤. 분명히 머리 색을 되돌릴 방법이 있을 거야."

마릴라는 앤의 머리를 날마다 비누로 감겨 보았으나, 아무런 효과가 없었다.

그날부터 일주일 동안 앤은 아무 데도 가지 않고 날마다 머리를 감았다. 일주일 뒤에 마릴라가 단호하게 말했다.

"안 되겠다, 앤. 이렇게 빠지지 않는 머리 염색약은 본 적이 없어. 머리를 자르는 수밖에 없겠다."

앤은 마릴라의 말이 괴롭기는 해도 옳다는 것을 알았기 때문에, 순순히 가위를 가지고 마릴라에게 다가갔다.

"제발 싹둑 잘라 주세요. 아아, 가슴이 찢어지는 것 같아요. 나에게 이렇게 비극적인 일이 생기다니."

마릴라는 가위를 들고 와서 앤의 초록색 머리카락을 싹둑싹둑 자르기 시작했다.

잠시 뒤, 마릴라가 앤의 머리를 짧게 자르자, 앤은 거울로 자신의 흉한 모습을 들여다보았다.

그러나 금세 거울을 돌려놓고는 소리쳤다.

"머리가 자랄 때까지 다시는 제 모습을 보지 않겠어요. 그리고 제가 저지른 어리석은 행동에 대해 반성하겠어요. 그리고 머리가 다시 다 자랄 때쯤, 이 방에 올 때마다 거울을 보고 제 자신이 얼마나 보기 흉했는지 기억할래요.”

한동안 학교는 앤의 머리 사건으로 떠들썩했다.

짓궂은 남자아이들은 앤의 짧은 머리가 마치 짚 더미 같다고 놀려 댔다.

하지만 앤은 그런 아이들의 놀림에도 잠자코 있었다.

“이것도 내가 저지른 행동에 대한 벌의 일부야. 그러니까 나는 이 모든 것들을 잘 참아야 해. 그리고 앞으로는 좋은 사람이 되어, 마릴라와 매슈 아저씨의 자랑거리가 될 테야.”

그해 여름, 선생님은 국어 시간에 아이들이 그동안 배운 시 중에서 한 편을 골라 연극으로 공연하도록 숙제를 냈다.

앤은 다이애나를 비롯한 친구들과 함께 테니슨의 시 ‘엘렌’을 연극으로 꾸미기로 하고, 뜨거운 햇살이 내리쬐는 무더운 배리 호숫가로 연습을 하러 갔다.

앤과 아이들은 누구를 주인공으로 할 것이냐를 놓고 이야기를 했다.

먼저, 다이애나가 나서며 말했다.

“앤, 네가 엘렌을 맡는 게 좋겠어. 주인공인 엘렌은 백합 공주로 빛나는 머리를 치렁치렁 늘어뜨리고 있다고 하긴 했지만, 너는 피부도 하얗고, 게다가 머리카락 색도 자르기 전보다 훨씬 짙어졌잖아."

하지만 앤은 시큰둥하게 대답했다.

"하지만 빨간 머리인 사람은 백합 공주가 될 수 없어."

다이애나는 앤의 머리카락을 햇빛에 비춰 보며 앤을 설득했다.

"아니야, 이것 봐. 네 머리카락은 이제 짙은 적갈색인걸."

"정말로 그렇게 생각하니? 지금이라면 내 머리카락이 적갈색이라고 해도 괜찮을까?"

"응, 정말로 예쁘다고 생각해. 앤, 너의 머리카락은 비록 짧긴 하지만 적갈색으로 아름답게 빛나고 있어."

다이애나의 말에 앤은 한결 기분이 좋아졌다.

"좋아, 내가 엘렌을 맡을게."

아이들은 주인공 엘렌이 죽은 장면부터 연습하기로 했다.

앤은 작은 배 안에 다이애나 엄마의 낡은 검은 숄을 펼쳐 놓고 그 위에 앉아 눈을 감은 채, 마주 잡은 두 손을 가슴에 얹었다.

아이들은 노란색 피아노 덮개를 앤에게 덮어 주고는 백합꽃 대신에 아이리스를 앤의 손에 쥐어 주었다.

그런 뒤에 그들은 앤의 이마에 차례차례 키스를 하면서 말했다.

"엘렌 공주님, 부디 안녕히!"

그리고 아이들은 온 힘을 다해 배를 호수 쪽으로 밀었다. 그러자 배는 호수 깊이 박혀 있던 낡은 말뚝에 쿵 하고 부딪혔다. 그러고 나서 물결을 타고 아래쪽으로 내려갔다.

"어, 엘렌 공주가 떠내려가고 있어!"

아이들은 당황하기 시작했다.

다이애나는 앤을 태운 배를 쫓아 호숫가를 달리기 시작했다. 다른 아이들 역시 다이애나를 따라 달렸다.

아이들은 배를 호수 위로 떠내려 보낼 생각 따위는 없었던 것이다.

다이애나는 아이들을 돌아보며 소리쳤다.

"잠시 뒤면 배가 호수 아래쪽에 닿을 거야. 우리는 숲을 빠져나가 호수 아래쪽에서 배를 기다리자!"

그런데 말썽은 여기서 그치지 않았다.

얼마 동안 물살을 따라 조용히 흘러가던 배에 큰일이 생겼다. 물이 새어 들어오는 것이었다. 아까 말뚝에 부딪혔을 때 밑바닥에 커다란 금이 가서 그곳으로 물이 솟구치듯이 들어왔다.

물은 어느새 배 바닥에 가득 차서 누워 있던 앤의 머리카락을 적셨다.

깜짝 놀란 앤은 벌떡 일어나서 비명을 질렀으나, 그 소리는 아무에게도 들리지 않았다.

앤은 정신을 가다듬고 배에서 빠져 나갈 궁리를 했다.

그때, 저만치 앞쪽에 다리가 보였다.

‘옳거니, 배가 다리 아래까지 흘러가면 그때 다리 기둥에 매달리는 수밖에 없는 것 같아. 살아날 기회는 이번 한 번뿐이야!’

앤은 두 손을 모으고 간절한 마음으로 기도했다.

‘하느님, 부디 이 배를 다리의 기둥 쪽으로 가게 해 주세요.’

마침내 배는 기둥 쪽으로 가더니 쿵 하고 부딪혔다.

앤은 재빨리 큰 기둥에 필사적으로 매달렸다.

그 기둥은 낡고 미끌미끌하여 올라갈 수도 내려갈 수도 없었기 때문에 앤은 꼼짝도 할 수 없었다.

앤은 다리를 빠져 나간 배를 쳐다보았다. 배는 주인을 잃고 다리 밑을 떠다니다가 잠시 뒤에 물속으로 가라앉았다.

아이들은 호수 아래쪽에 도착해서 앤이 탄 배가 떠내려오길 기다리고 있었다. 그런데 눈앞에서 배가 가라앉는 것을 보고는, 아이들 모두가 놀라서 얼굴이 새파랗게 질려 버렸다. 그러고는 목이 터져라 비명을 지르며 미친 듯이 집을 향해 뛰어갔다.

“애들아, 나 여기 있어. 이리 와서 나 좀 구해 줘.”

그러나 앤의 목소리는 아이들에게 들리지 않았다. 앤은 차차 기운이 빠지고 손이 저려서 친구들이 어른들을 데려올 때까지 버틸 것 같지가 않았다.

그때 앤의 눈에 희미하게 배 한 척이 보이는 것 같았다.

“여, 여기요! 여기에 사람이 있어요!”

그것은 길버트 블라이드였다. 길버트가 작은 배를 저어 오고 있었다. 길버트는 앤의 모습을 발견하고는 놀라서 배를 저어 기둥에 가까이 대고 손을 내밀었다.

진흙투성이가 된 앤은 정신없이 길버트의 손에 매달려 배 안으로 기어 들어갔다.

“도대체 어떻게 된 거니, 앤?”

노를 집어 들면서 길버트가 물었다.

“테니슨의 시 ‘엘렌’을 연극으로 꾸며 보려다 이렇게 됐어.”

길버트는 앤을 친절하게 선창까지 데려다 주었다.

“길버트, 오늘 내 생명을 구해 줘서 정말 고마워.”

앤은 배에서 내리며 멋쩍은 듯이 길버트에게 말했다.

그러자 길버트는 얼굴을 붉히면서 머뭇머뭇 말을 꺼냈다.

“앤, 그때 네 머리를 가지고 놀렸던 것에 대해서는 정말로 미안하게 생각해. 정말이야. 그러니 이젠 나를 용서해 주면 안 되겠니? 우리 이제는 친하게 지내자.”

그 순간, 앤은 이상한 기분을 느꼈다. 어느새 앤의 두 뺨도 발그스름하게 변했다.

‘어, 이런 기분은 뭐지?’

앤은 지금까지 느끼지 못했던 묘한 기분이 들었고, 가슴이 두

근거리기 시작했다.

'하지만 안 돼! 길버트 블라이드는 내 인생에 수치를 안겨다 준 아이야!'

갑자기 지난날의 분했던 감정이 되살아나서 앤은 자기도 모르게 매몰차게 말을 내뱉었다.

"길버트, 그건 안 돼! 나는 너하고 친구가 될 수 없어! 아니, 되고 싶지 않아!"

앤은 차갑게 딱 잘라 말했다.

길버트는 뜻밖에도 앤이 자신의 정중한 사과를 받아 주지 않자 무안했는지 표정이 굳어 버렸다.

"앤 셜리, 앞으로 두 번 다시 너에게 사과하는 일은 없을 거야."

길버트는 뺨을 붉히며 작은 배에 다시 뛰어오르더니, 노를 저어 재빨리 가 버렸다.

'아, 이러려던 게 아닌데……'

배를 타고 사라지는 길버트를 보며, 앤은 순간적으로 자신이 내뱉은 말을 후회했다.

"앤! 앤 셜리! 살아 있구나!"

잠시 뒤 다이애나와 아이들이 앤이 있는 쪽으로 달려왔다.

다이애나는 갑자기 앤의 목을 끌어안으며 소리를 질렀다.

“앤! 우리는 네가 죽은 줄로만 알았어. 집에 어른들이 아무도 안 계셔서 도와주러 올 사람이 없었어. 나는 이제 너를 영영 잃어버리는 줄 알고 얼마나 슬펐다고.”

다이애나는 기쁘기도 하고, 또 한편으로는 안심이 되어 울음을 터뜨리고 말았다.

앤은 우는 다이애나를 달래 주었다.

“길버트가 작은 배로 나를 선창까지 데려다 주었어. 너희들을 걱정시켜서 미안해. 모두 내 잘못이야. 그런데 다이애나, 우리가 네 아버지의 배를 못 쓰게 만들어서 어쩌지?”

“앤, 배는 걱정하지 마. 아버지께 잘 말씀드리면 될 거야. 그나저나 앤! 길버트가 그렇게 멋진 일을 하다니……. 그럼, 이제 길버트와 화해라도 한 거니?”

앤은 다이애나에게 아무 대답도 하지 않았다.

어쩐지 자신이 길버트에게 한 행동이 옳지 못했던 것 같아서였다.

앤과 아이들이 각자의 집으로 돌아간 뒤, 그 사건을 알게 된 배리가와 커스버트가에서는 대단한 소동이 벌어졌다.

마릴라는 앤을 부엌에 앉혀 놓고 나무랐다.

“앤, 네가 가는 곳에는 언제나 말썽이 끊이질 않는구나. 너도 이제 컸으니 철이 들어야 할 게 아니니?”

앤은 마릴라의 손을 잡으며 말했다.

"마릴라, 이번 일은 정말 죄송하게 됐어요. 저는 이번에 아주 좋은 경험을 했어요. 제가 지나치게 낭만적이라서 그것이 때로는 저나 사람들을 위험에 빠뜨리기도 한다는 것을 알게 되었거든요."

마릴라는 사랑과 염려가 가득 담긴 눈으로 앤을 바라보았다.

"네가 그렇게 생각한다니 다행이지만, 낭만적인 모습이 전혀 남아 있지 않은 너의 모습은 정말 상상도 할 수 없구나. 아주 조금은 그런 모습을 남겨 두어도 괜찮아."

앤은 그런 마릴라를 바라보며 빙긋 웃었다.

꿈꾸는 소녀

"앤! 기쁜 소식이 있어! 네가 들으면 아마 기뻐서 까무러칠 거야!"

어느 날 저녁, 앤은 멀리서 달려오는 다이애나의 목소리를 들었다.

앤은 반갑게 웃으며 문을 열었다.

"다이애나, 무슨 일이기에 그래?"

다이애나는 숨을 헐떡이며 초록 지붕 집으로 뛰어왔다.

"깜짝 놀랄 소식이야! 방금 조세핀 할머니가 보내신 전보를 받았는데, 조세핀 할머니께서 이번에 우리 둘을 할머니 댁으로 초대해 주셨어. 시내에 있는 할머니 댁에서 묵으며 품평회를 보라고 하셨대.”

앤은 다이애나의 손에서 전보를 빼앗아 읽었다.

“다이애나, 이거 정말 신 나는 일이로구나! 조세핀 할머니 댁에서 머무는 것도 근사한 일이지만 큰 도시에서나 볼 수 있는 품평회를 보게 된다니 벌써부터 가슴이 설렌다. 그렇지만 다이애나, 마릴라가 허락해 주실까? 보나마나 다른 곳에서 잠을 자는 것은 절대 반대하실 거야.”

다이애나는 눈을 찡긋하더니 말했다.

“그런 거라면 염려 마. 우리 엄마께 부탁드려서 마릴라의 허락을 얻어 내는 거야. 우리 엄마 부탁이라면 마릴라도 틀림없이 가게 해 주실 거야.”

다이애나의 생각은 정확히 들어맞았다.

마릴라는 앤을 품평회에 보내는 것을 허락했다.

“배리 부인이 그렇게까지 부탁하시니 너를 보낼 수밖에 없구나. 하지만 조세핀 할머니께 누를 끼치지 않도록 각별히 행동에 신경을 써야 한다.”

다음 날 아침, 두 소녀는 배리 씨의 마차를 타고 아침 일찍 출발하여 샬럿타운의 너도밤나무 저택으로 갔다.

그곳에는 벌써부터 조세핀 할머니가 현관까지 두 소녀를 맞이하러 나와 있었다.

"다이애나, 그리고 앤! 정말 잘 왔다! 너희들 몰라보게 자랐구나. 전보다 훨씬 더 예뻐졌는걸!"

조세핀 할머니 집은 굉장히 호화스럽게 장식된 대저택이었다. 앤과 다이애나는 벌어진 입을 다물 줄 몰랐다.

"벨벳 양탄자, 비단 커튼! 이런 곳에 있는 나를 꿈에서 본 적은 있지만, 이렇게 현실로 이루어지다니 믿을 수가 없어. 이 방에는 장식품이 너무나 많고, 또 모두 훌륭하기 때문에 더 아름다운 것들을 상상할 필요가 없을 것 같아. 가난한 사람의 행복은 많은 상상을 할 수 있다는 점인데 그건 아쉽다."

앤은 휘황찬란한 대저택을 보면서도 어쩐지 에이번리 마을의 초록 지붕 집이 그리웠다.

다음 날, 조세핀 할머니는 두 사람을 품평회장으로 데리고 갔다.

앤과 다이애나는 그곳에서 하룻밤을 묵으며 품평회를 구경했다.

품평회에서 조지는 레이스 뜨기에서, 벨 씨는 돼지고기 요리하기에서, 그리고 린드 부인은 버터와 치즈 만들기에서 각각 1등을 차지하여, 에이번리 마을의 성적은 꽤 좋은 편이었다.

조세핀 할머니를 따라 여기저기를 둘러보며 앤과 다이애나는 즐거운 한때를 보냈다.

조세핀 할머니는 앤에게 살짝 말했다.

"앤, 이곳이 마음에 든다면 나와 함께 시내에서 사는 게 어떻겠니?"

"조세핀 할머니, 말씀은 정말 감사하지만 저에게는 이런 시내에서의 생활이 어울리지 않는걸요. 저는 에이번리 마을에 있는 초록 지붕 집에서 매슈 아저씨와 마릴라와 함께 지내는 게 더 행복할 거라고 생각해요."

조세핀 할머니는 앤의 말을 듣고 살며시 미소를 지었다.

아침이 되자, 배리 씨가 앤과 다이애나를 데리러 왔다.

두 소녀는 조세핀 할머니에게 아쉬운 작별 인사를 했다.

다이애나는 조세핀 할머니를 안으며 말했다.

"조세핀 할머니, 여기 머무는 동안 정말로 재미있었어요."

앤도 조세핀 할머니의 뺨에 입을 맞추며 말했다.

"저는 단 1초라도 그냥 보낼 수 없을 만큼 즐거웠어요."

앤과 다이애나를 태운 마차는 에이번리 마을을 향해 달리기 시작했다.

조세핀 할머니는 마차가 보이지 않을 때까지 손을 흔들고 나서, 한숨을 쉬며 집 안으로 들어갔다. 아이들이 떠나 버리고 나니 쓸쓸한 느낌이 들어 참을 수가 없었던 것이다.

앤은 저녁 무렵이 되어서야 에이번리 마을에 도착할 수 있었다.

멀리서 반가운 초록 지붕 집의 불빛이 반짝이는 것이 보였다.

앤은 기운차게 언덕을 올라가 부엌으로 뛰어 들어갔다.

"아아, 이제야 돌아왔구나, 앤. 네가 없어서 너무나 쓸쓸했단다. 네가 없는 시간이 이렇게 길게 느껴진 적은 없었어."

마릴라는 앤을 꼭 안아 주며 반겼다.

"조세핀 할머니 댁에서의 시간은 제 생애에서 정말 행복한 시간이었다고 생각해요. 그렇지만 가장 좋은 것은 집으로 다시 돌아오게 된 거예요."

앤은 마릴라의 따뜻한 품속으로 자꾸만 파고들었다.

앤이 조세핀 할머니 집에서 돌아오고 며칠 뒤, 마릴라와 앤은 난롯가에 나란히 앉아 불을 쬐고 있었다.

마릴라는 흔들의자에 앉아 바느질에 여념이 없었다.

그리고 앤은 새빨갛게 타오르는 난로 앞에 앉아서, 언제나처럼 마음을 들뜨게 하는 상상의 세계를 떠다니고 있었다.

마릴라는 사랑이 담긴 눈으로 앤을 지그시 쳐다보다가, 갑자기 무언가 떠올랐는지 앤에게 말했다.

"참, 너에게 전해 준다는 게 깜빡했구나. 앤, 아까 네가 다이애나와 놀러 나갔을 때 학교에서 선생님께서 다녀가셨다."

이 말에 앤은 깜짝 놀라 마릴라를 향해 물었다.

"어머나, 그래요? 그런데 선생님께서 무슨 일로 오셨나요?"

"네 문제로 오셨다."

"제 문제로요?"

앤은 잠시 겁을 먹은 듯했다.

마릴라는 앤의 표정을 보고는 웃으며 말했다.

"앤, 그렇게 걱정할 것 없다. 선생님은 네가 학교에서 말썽을 부린 이야기는 전혀 하지 않으셨다. '도둑이 제 발 저린다'고 너 혼자 그렇게 생각했을 뿐이야. 선생님께서는 공부를 잘하는 학생 중에서 퀸 학교의 수험 준비를 하고 싶어 하는 사람을 위해 반을 따로 만들겠다고 하셨어. 그리고 우리에게 너를 그 반에 넣으면 어떻겠냐고 물으러 오신 거야. 너는 어떻게 생각하니? 앤, 퀸 학교에 가서 선생님 자격증을 따고 싶지 않니?"

앤은 마릴라의 말에 벌떡 자리에서 일어났다.

"어머나, 마릴라! 그것이야말로 제 평생의 꿈이었어요. 저는 선생님이 되고 싶어요. 그렇지만 돈이 많이 들잖아요?"

"돈에 대해서는 걱정할 것 없다. 우리가 너를 맡았을 때, 할 수 있는 한 열심히 일을 해서 너의 교육도 훌륭히 시키겠다고 결심했으니까."

앤은 신이 나서 깡충깡충 거실을 뛰어다녔다.

"마릴라, 고맙습니다! 정말로 고마워요. 열심히 공부해서 매슈 아저씨와 마릴라의 자랑이 되겠어요."

"그래, 그래야지, 앤. 우리는 앤, 네가 네 꿈을 이루기를 바란단다. 열심히 공부해서 반드시 퀸 학교에 들어가도록 해라."

얼마 뒤, 학교에서는 퀸 학교에 진학하기 위한 수험 준비반이 편성되었다.

그런데 다이애나는 오래전부터 음악 학교에 진학하기를 원했기 때문에 앤과 함께 퀸 학교 진학반에 들 수 없었다.

다이애나는 슬픈 얼굴로 앤에게 말했다.

"앤, 앞으로 혼자서 집에 가야 할 것을 생각하니 마음이 아파서 견딜 수 없어. 너와 함께 학교에 오가던 시절이 그리울 거야."

앤 역시도 슬퍼하며 말했다.

"다이애나, 기운 내. 우리 둘 다 원하는 학교에 진학하고 나면 지금 떨어져 지내는 것은 아무것도 아닌 일처럼 여겨질 거야."

길버트도 역시 수험 준비를 위한 반에 들었는데, 지난번 호숫가에서 앤이 길버트의 사과를 받아들이지 않은 뒤로는 노골적으로 앤에게 경쟁의식을 보였다.

선생님은 능숙하게 퀸 학교 진학 준비반을 이끌었다.

선생님의 열성적인 지도는 아이들에게도 영향을 미쳐 진학

반 아이들 모두 열심히 수험 공부에 힘썼다.

어느덧 시간이 흘러 한 학기가 끝나고 아이들이 기대하던 여름방학이 시작되었다.

방학을 하루 앞둔 마지막 수업 시간에 선생님은 아이들에게 말했다.

"지금까지 열심히 공부를 했으니까, 마음껏 즐기며 방학을 보내도록 해라. 하지만 너무 놀기만 해서는 안 된다는 것도 이미 알고 있지? 자, 즐거운 방학이 되길 바란다."

선생님도 지난 학기 동안 아이들을 가르치느라 지쳐 있다가 이제 겨우 한숨을 돌릴 수 있게 되었다.

앤은 여름방학에 대한 기대로 가슴이 잔뜩 부풀었다.

"아, 이번 여름방학은 다이애나와 둘이서 마음껏 즐겨야겠다."

앤은 거의 매일 바깥에서 지냈다. 산책, 보트 타기, 딸기 따기 등 앤은 평소에 하고 싶었지만 수험 공부로 할 수 없었던 놀이를 하며 즐거운 시간을 보냈다.

앤은 저녁 식사 시간에 마릴라에게 웃으며 말했다.

"이번 여름방학은 제게 잊지 못할 방학이 될 거예요. 이렇게 아름다운 여름을 보낸 적은 없었으니까요. 아, 이제는 더욱 열심히 공부할 수 있을 것 같아요."

"다행이구나. 이제 얼마 후면 퀸 학교 진학 시험이 있을 텐데, 방학도 끝나가니까 다시 수험 공부에 힘을 기울여야지. 그래야 좋은 성적을 거둘 수 있을 테니 말이다."

마릴라는 앤이 기특한지 흐뭇하게 바라보았다.

달콤했던 여름방학은 어느새 끝이 나고 다시 가을이 찾아왔다. 그리고 시간은 또다시 눈 깜짝할 사이에 흘러 어느새 겨울이 다가왔다.

앤은 공부하는 것 이외에 이따금 파티나 음악회에 가기도 했지만, 마릴라는 이제 그런 일로 더는 앤을 간섭하지 않았다.

어느 날, 마릴라는 설거지를 하는 앤의 옆에 서서 가만히 앤을 쳐다보았다.

"앤, 그러고 보니 너도 정말 많이 컸구나! 이제 키도 나보다 큰걸!"

마릴라는 이렇게 부쩍 자란 앤이 대견하기도 하면서 또 한편으로는 앤이 자라 어른이 되면 자신들을 떠날 거라는 생각에 서운함이 밀려왔다.

'어느새 내가 귀여워하던 작은 아이는 없어지고 그 대신에 열다섯 살이 된, 키가 크고 성숙한 눈매의 소녀가 자랑스럽게 서 있구나. 아, 왜 이렇게 무언가를 잃어버린 듯한 기분이 들까?'

마릴라는 자신도 모르게 눈시울이 붉어졌다.

마릴라는 자신의 방으로 가서 결국 울음을 터뜨리고 말았다.

"앤은 이제 처녀가 다 되었어. 그리고 아마도 이번 겨울에는 이곳에서 지내지 못할 거야. 그 아이가 없으면 나는 쓸쓸해서 견딜 수 없을 것 같아."

마릴라의 가슴속에서 앤은 4년 전 해 질 녘, 매슈가 브라이트 리버 역에서 데리고 왔을 때와 마찬가지로 앳된 눈매의 어린 여자아이 그대로였다.

마릴라는 이제 앤을 떠나 보낼 준비를 해야 한다는 생각에 깊은 한숨을 쉬었다.

꿈을 이루기 위해

마지막 학기가 끝나고, 드디어 퀸 학교의 입학시험을 치르는 날이 되었다.

앤은 시험 준비를 했던 친구들과 함께 시험이 치러지는 시내로 가야 했다.

다이애나는 시내로 떠나는 앤을 배웅하며 울먹였다.

"앤, 꼭 좋은 성적 거두길 바라. 그리고 시내에 있는 동안 편지 보내 줘. 아마도 네가 몹시 그리울 것 같아."

앤은 다이애나의 손을 꼭 잡고 약속했다.

"그래요, 시험이 어땠는지 꼭 써서 보낼게요. 내가 없는 동안 잘 지내고 계세요."

앤은 시내에 있는 조세핀 할머니의 저택에 묵으면서 퀸 학교의 진학 시험을 치렀다.

그리고 며칠 뒤, 앤은 시험을 마치고 모두가 기다리는 에이번리 마을로 돌아왔다.

초록 지붕 집 앞에는 이미 매슈와 마릴라, 그리고 다이애나가 애타게 앤을 기다리고 있었다.

다이애나는 앤을 몇 년 만에 만난 것처럼 반가워했다.

"앤, 시험은 어땠니? 잘 치른 것 같아?"

"글쎄, 몇 문제 외에는 꽤 잘 치른 것 같아. 하지만 다른 사람들도 모두 떨어질 게 뻔하다고 말해서 불안한 마음도 있지만 나는 꽤 잘 치른 것 같긴 해. 2주일 동안이나 불안한 마음으로 맥없이 있어야 하다니, 생각만 해도 견딜 수 없어."

앤은 시험 결과가 어떨지 불안한 마음을 감추지 못했다.

다이애나는 그런 앤을 위로했다.

"괜찮아, 모두 합격할 거야. 걱정할 필요 없어."

"아니, 다이애나. 그냥 합격하는 것만으로는 안 돼. 나는 꼭 좋은 성적을 거둬야 해. 매슈 아저씨와 마릴라의 기대를 저버릴 수도 없고 또 길버트에게 질 수도 없으니까. 길버트를 이기지 못한다면 합격을 해도 분한 마음이 들 거야."

다이애나는 그런 앤의 생각을 누구보다 잘 알고 있었다.

"그래, 앤. 넌 틀림없이 좋은 성적을 거둘 거야."

그러나 무엇보다도 앤이 좋은 성적으로 합격하고 싶어 하는 이유는 매슈와 마릴라를 위해, 특히 매슈를 위해서였다. 매슈는 언제나 앤이 '섬 전체에서 1등을 할 것이다.'라고 굳게 믿고 있었던 것이다.

앤은 반드시 1등은 아니더라도 적어도 10등 이내에 들어서 매슈가 기뻐하는 모습을 보고 싶었다.

시험이 끝나고 몇 주의 시간이 흘렀다. 시험을 치렀던 학생들은 안절부절못하며 우체국 주위를 서성거리거나, 신문을 펼쳐 들고 무겁게 한숨을 쉬곤 했다.

그러나 시험 결과는 늦게까지 발표되지 않았다.

앤은 날마다 파리한 얼굴을 하고서 기운 없이 우체국에서 돌아오곤 했다.

매슈는 그런 앤의 모습이 안쓰러워 어찌할 바를 몰랐다.

그러던 어느 날, 앤은 창가에 앉아서 은은한 꽃향기와 포플러 잎이 스치는 소리에 잠시 모든 것을 잊고 있었다.

"앤! 합격이야! 앤 셜리, 네가 1등을 했다고!"

그때, 갑자기 어디선가 다이애나의 목소리가 들렸다.

앤은 자신이 헛것을 들은 것은 아닌지 주위를 둘러보았지만 다이애나의 모습은 보이지 않았다.

그 순간, 전나무 숲 속에서 손에 든 신문을 펄럭이며 정신없이 뛰어오는 다이애나가 눈에 들어왔다. 다이애나는 조금이라도 빨리 앤에게 합격 소식을 전해 주려고 지름길로 달려온 것이었다.

앤은 머리가 어질어질했고 가슴은 몹시 두근거렸으며, 자리에서 한 발짝도 걸음을 뗄 수가 없었다.

다이애나는 숨을 헐떡이며 신문 한 장을 앤에게 내밀었다.

"앤, 합격했어. 그것도 1등으로 말이야. 길버트도 같이 동점으로 합격했어. 정말 잘됐다! 축하해!"

앤은 다이애나가 가져온 신문의 맨 앞에 씌어 있는 자신의 이름을 보고, 매우 벅찬 기쁨을 느꼈다.

다이애나는 앤에게 신문을 전해 주고는 쓰러지듯 자리에 주저앉고 말았다.

"너와 함께 시험을 치른 다른 친구들도 모두 합격했어. 그나저나 앤! 1등을 한 기분이 어떠니? 나 같으면 머리가 돌았을 거야. 그런데 너는 왜 이렇게 조용하니? 1등을 한 것이 별로 기쁘지 않니?"

다이애나는 기뻐서 날뛸 줄 알았던 앤이 너무나도 침착한 것이 이상했다.

그런데 이미 앤은 눈물을 흘리고 있었다.

“아니야, 기쁘지 않은 게 아니야. 너무나 기뻐서 하고 싶은 말이 입에서 나오질 않는걸. 이러고 있을 게 아니라, 매슈 아저씨와 마릴라에게 이 소식을 알려야겠어.”

앤은 매슈와 마릴라에게 자신의 합격 소식을 전하기 위해 옥수수밭으로 달려갔다.

“매슈 아저씨! 마릴라! 입학시험 결과가 나왔어요!”

옥수수밭에서 일하고 있던 매슈와 마릴라는 멀리서 앤의 목소리를 듣고 앤에게로 뛰어갔다.

“앤, 발표가 났다구?”

“매슈 아저씨! 마릴라! 제가 1등으로 합격했어요.”

앤은 흥분해서 소리쳤다.

“어머나, 우리 앤이 기어코 1등을 했구나!”

마릴라는 앤이 자랑스러운지 앤을 가슴에 꼭 안고 기뻐했다.

“허허허, 나는 이미 예상하고 있었단다! 난 우리 앤이 1등을 할 거라고 믿고 있었어.”

매슈는 앤에게서 신문을 받아 들고는 한 자 한 자 읽어 내려갔다.

앤이 1등으로 퀸 학교의 입학시험을 통과했다는 소문은 순식간에 에이번리 마을에 퍼졌다.

마릴라는 가는 곳마다 축하 인사를 받느라 정신이 없었다.

린드 부인도 앤을 찾아와 자신이 손수 기른 꽃으로 만든 축하 꽃다발을 전해 주며 기뻐했다.

"아주 훌륭하다, 앤! 네가 무척 자랑스럽구나."

그렇게 앤은 한동안 주위 사람들의 축하 인사로 기쁨의 나날을 보냈다.

어느 날 밤, 앤은 창가에서 무릎을 꿇고 하나님에게 기도를 드렸다. 창으로 내리비치는 달빛을 받으며 앤은 진심 어린 마음으로 기도했다.

"하느님, 저에게 합격의 행운을 주셔서 고맙습니다. 앞으로도 제가 매슈 아저씨와 마릴라를 기쁘게 해 드릴 수 있는 일들이 일어나도록 도와주세요."

드디어 앤이 퀸 학교로 가는 날이 되었다.

앤은 다이애나와 울며 이별을 나눴고, 마릴라에게 작별 인사를 하고 나서 매슈와 함께 마차를 타고 떠났다.

마릴라는 앤을 보내고 혼자 남게 되자 쓸쓸함을 느꼈다. 마릴라는 하루 종일 닥치는 대로 일을 하며 앤의 빈자리를 잊어 보려고 했지만 계속 눈물이 쏟아졌다.

"아, 앤이 떠난 빈자리가 이렇게 클 줄은 몰랐어!"

한편 새로운 생활에 발을 들여놓은 앤은, 이번에도 길버트와 경쟁을 계속하게 되었다.

'1년 과정을 마치고, 교사 자격증을 받을 때 반드시 좋은 성적을 거두어 금메달을 받겠어.'

앤은 자기 자신에게 단단히 약속했다.

어느 날, 앤은 함께 입학한 조지에게 퀸 학교에서도 에이브리 장학금이 나온다는 말을 듣게 되었다.

에이브리 장학금이란, 어느 부자의 유산으로 제정된 것으로 그해에 국어학과 국문학 부문에서 1등을 한 졸업생이 그것을 받아 레드먼드 대학에 입학하게 되어 있었다.

앤은 에이브리 장학금 생각에 가슴이 두근거렸다.

'1년 공부를 마치고 지방 교사 자격증과 금메달을 차지하겠다던 지금까지의 목표는, 에이브리 장학금을 타서 레드먼드 대학의 예술과에 들어가는 것으로 바꾸어야겠어. 내가 문학가가 되면 매슈 아저씨가 얼마나 기뻐하실까! 나는 반드시 에이브리 장학금을 타고 말 테야.'

앤은 퀸 학교의 생활에 적응하며 새로운 친구도 사귀고 열심히 공부도 했다. 또 여러 가지 일을 하며 학창 생활을 마음껏 즐겼다.

하지만 앤에게 있어 가장 소중한 것은, 주말에 마릴라와 매슈가 기다리고 있는 초록 지붕 집으로 돌아가는 것이었다.

"앤, 얼마나 보고 싶었는지 모른단다. 어서 들어가자. 네가 오기를 기다리며 맛있는 음식들을 준비해 놓았단다.”

앤이 초록 지붕 집으로 돌아올 때마다, 마릴라는 맛있는 음식들을 준비해 놓았다.

매슈도 겉으로 표현은 하지 않았지만, 그의 눈에는 앤에 대한 반가움과 그리움이 가득했다.

그렇게 또 시간이 흘러, 학기 말 시험이 치러지게 되었다.

앤과 친구들은 모든 실력을 시험에 쏟았다.

특히 앤은 이번 시험 결과로 에이브리 장학금 수상자가 결정된다는 생각에 더욱더 시험 공부에 몰두했다.

드디어 시험 결과가 발표되는 날이었다.

앤은 친구와 함께 학교 앞까지 왔으나 도저히 게시판까지 갈 수가 없었다.

앤은 함께 간 친구에게 자기 대신 게시판을 보고 와 달라고 부탁했다.

“아, 나는 도저히 내 눈으로 직접 게시판을 볼 수 없을 것 같아. 미안하지만 먼저 들어가서 게시판을 보고 와 줄래? 만약 내 이름이 없다면 차라리 내게 얘기하지 말아 줘.”

친구가 게시판 앞으로 걸어가고 난 뒤, 앤은 두근거리는 가슴을 누르며 호흡을 가다듬었다.

그때였다.

어디선가 한 무리의 소년들이 외치는 소리가 들렸다.

"길버트 만세, 길버트가 메달을 수상했다!"

그 소리를 듣는 순간, 앤은 다리의 힘이 모두 풀리는 것만 같았다.

"아, 길버트에게 지고 말았구나."

앤은 그만 실망한 나머지 눈물을 터뜨릴 것만 같았다.

그때, 다시 외치는 소리가 들렸다.

"앤 셜리 만세! 앤이 에이브리 장학금을 수상하게 되었다!"

앤은 자기 귀를 의심했다.

"앤! 네가 에이브리 장학금을 받게 되었어!"

게시판을 보러 갔던 친구가 앤에게 달려들어 목을 껴안으며 축하했다.

앤은 순식간에 많은 친구들과 축하의 말에 둘러싸였다.

앤은 무엇보다도 매슈와 마릴라가 기뻐할 생각에 더욱 감격했다.

"어서 빨리 매슈 아저씨와 마릴라에게 알려야겠어. 이 소식을 들으면 두 분 다 얼마나 기뻐하실까! 당장 집으로 가자."

앤은 매슈와 마릴라가 기다리는 에이번리 마을을 향해 마차를 타고 달렸다.

앤이 에이브리 장학금을 타게 되었다는 소식에 마릴라는 눈물을 흘리며 기뻐했다.

매슈 역시 몇 번이나 장학 증서를 들여다보며 감격을 감추지 못했다.

에이번리 사람들은 앤이 지나갈 때마다, "저 아이가 퀸 학교의 에이브리 장학금 수상자예요."라며 소곤거렸다.

어느 날, 마당을 거닐고 있는 앤을 지켜보던 매슈가 마릴라에게 말했다.

"마릴라, 오래전, 저 아이를 고아원으로 돌려보내지 않고 우리가 돌보기로 한 것은 정말 잘한 일이야."

마릴라도 살며시 웃으며 말했다.

"매슈 오빠의 말이 옳았어요. 그리고 나도 그동안 앤을 바라보며 얼마나 뿌듯했는지 몰라요. 이번 에이브리 장학금 수상뿐 아니라 나는 언제나 그런 생각을 했어요."

마릴라가 만족스러운 듯 말했다.

에이번리 마을의 6월은 언제나 그랬듯 푸르고 아름다웠다. 사과꽃이 곳곳에 흐드러지게 피어 향기를 퍼뜨리고 있었다.

앤과 다이애나는 과수원을 함께 거닐며 사과꽃 향기에 취해 있었다.

앤은 행복에 겨워 주위를 둘러보았다.

"역시 집이 가장 행복한 곳인 것 같아. 시내에서도 항상 이 에이번리 마을이 그리웠는걸. 그리고 다시 너의 얼굴을 볼 수 있게 되어 얼마나 기쁜지 몰라."

"나도 너와 함께 지낼 수 있어서 기뻐, 앤. 참, 너는 에이브리 장학금을 받았으니 레드먼드 대학에 갈 거지?"

"가을 무렵이 되면 대학에 진학할 생각이야."

앤은 앞으로 펼쳐질 대학 생활을 상상하며 행복에 빠져들었다.

"앤, 혹시 길버트 소식 들었니? 길버트는 아이들을 가르칠 거래. 길버트의 아버지가 대학에 보내 줄 형편이 못 되기 때문에 길버트는 자신의 힘으로 돈을 벌어야 하는 모양이야."

갑작스런 다이애나의 말에 앤은 알 수 없는 서운함을 느꼈다.

'길버트도 함께 레드먼드 대학에 입학할 것으로 생각했는데, 아이들을 가르칠 모양이구나.'

그날, 앤은 자신의 마음속에 길버트에 대한 알 수 없는 감정이 자라고 있다는 것을 희미하게나마 느낄 수 있었다.

매슈 아저씨의 죽음

여느 때와 다름없이 앤은 매슈와 마릴라와 함께 아침 식사를 하고 있었다.

그런데 이상하게 매슈의 안색이 유난히 좋지 않은 것 같았다. 앤은 매슈의 건강 상태가 나빠졌다는 사실을 알아차렸다.

아침 식사를 마치고, 매슈가 밖으로 일하러 나가자 앤은 머뭇거리며 마릴라에게 물어보았다.

"마릴라, 매슈 아저씨의 안색이 좋지 않아요. 혹시 어디가 편찮으신 건가요?"

마릴라는 설거지를 하던 손을 멈추고 한숨을 쉬었다.

"너도 눈치챈 모양이구나. 사실은 올봄에 오빠가 심한 심장

발작을 일으켰단다. 그 뒤로는 건강이 쉽게 회복되지 않는 모양
이야. 나도 걱정이 이만저만이 아니란다."

충격을 받은 앤은 탁자에 엎드려 양손으로 머리를 감싸 쥐
었다.

잠시 뒤, 앤은 마릴라에게서 그릇들을 빼앗고는 설거지를 시
작했다.

"매슈 아저씨도, 마릴라도 이젠 건강을 돌보셔야 해요. 그동
안 집안 살림을 꾸리며 저를 돌보시느라 일을 너무 많이 하셨어
요. 이제부터는 저도 도울 테니 좀 쉬세요."

마릴라는 그런 앤이 더없이 사랑스럽게 느껴졌다.

"그건 그렇고, 너 요즈음 아베이 은행에 대한 소문 들었니?"

"파산할 것 같다는 소리를 듣긴 했어요."

"그래, 마을 사람들 모두 그렇게 말하더구나. 매슈 오빠가 더
건강이 나빠진 건 그 이유 때문일지도 모르겠구나. 우리 집의
재산이 전부 아베이 은행에 들어 있으니 매슈 오빠가 걱정을 하
는 게지."

그날 밤 앤은 창가에 앉아서 초록 지붕 집으로 처음 오던 날
을 떠올렸다. 사과꽃이 흐드러지던 가로수길과 저녁의 보랏빛
노을이 낮게 깔려 있던 그날의 평화로움은 언제까지고 잊을 수
가 없었다.

앤은 그날의 평화로움을 떠올리며 큰 슬픔이 더는 찾아오지 않기를 간절히 기도했다.

"앤! 앤, 어서 이리로 내려와 보아라!"

다음 날 아침, 앤은 다급한 마릴라의 목소리에 잠을 깼다.

"오빠, 매슈 오빠! 왜 그러세요? 어디가 아프세요?"

앤은 정신없이 층계 아래로 뛰어 내려갔다.

거실 바닥에 매슈가 쓰러져 있었다. 손에는 오늘 자 신문을 꼭 쥔 채였다.

매슈의 얼굴은 이미 어두운 회색빛으로 변해 가고 있었다.

"앤, 어서 의사 선생님을 불러오너라. 서둘러라, 어서!"

앤은 허둥지둥 마차를 몰고 가 의사 선생님을 모셔 왔다.

의사 선생님은 마릴라와 앤을 진정시키고 매슈의 맥을 짚어 보더니, 이윽고 침착하게 말했다.

"마릴라, 참으로 유감입니다만 이미 매슈 씨는 숨을 거두셨습니다. 죄송합니다."

앤은 말을 잇지 못하고 얼굴이 창백해졌다.

"선생님, 매슈 아저씨가 돌아가시다니요? 그, 그럴 리가 없어요."

앤은 조용히 매슈의 얼굴을 보았다. 거기에는 죽음의 신이 다녀간 흔적이 역력히 나타나 있었다.

의사 선생님은 매슈의 손에서 신문을 빼서 펼쳐 들었다.

신문 1면에는 아베이 은행의 파산 소식이 실려 있었다.

"매슈 씨의 죽음은 갑작스럽게 덮친 충격 때문인 것 같군요. 여기에 아베이 은행이 파산했다는 기사가 실려 있습니다."

그 소식은 순식간에 에이번리 마을 전체에 퍼져 하루 종일 사람들이 집으로 찾아와서 위로해 주고, 친절하게 일을 도와주기도 했다.

앤은 자신의 방으로 들어간 뒤, 매슈와의 여러 가지 추억이 떠올라 몸부림치며 울기 시작했다.

앤의 울음소리를 들은 마릴라도 방으로 들어왔다. 두 사람은 같이 울고 이야기를 나누며 서로를 위로했다.

매슈는 그가 평생 가꿔 오던 밭과 과수원을 지나는 언덕길에 묻혔다.

앤은 매슈의 무덤에 꽃을 놓아두며 안부를 전했다.

'나의 아버지, 사랑하는 매슈 아저씨! 편히 눈감으세요.'

그렇게 에이번리는 다시 고요함을 되찾아 갔다.

초록 지붕 집에도 다시 평온한 일상이 찾아왔다.

그러나 모든 것이 원래대로 자리 잡혀 가는데, 매슈의 모습만 보이지 않는다는 것이 앤과 마릴라를 더욱 슬프게 했다.

어느 날 해 질 무렵, 앤이 매슈의 무덤에 장미꽃을 갖다 놓고 돌아오니 마릴라가 현관 입구의 돌층계에 앉아 있었다. 앤도 그 옆에 나란히 앉았다.

"길버트가 학생들을 가르친다는 것이 정말이니?"

"예."

앤이 짧게 대답했다.

"어쩌면 그렇게 훌륭한 청년이 되었는지. 요전에 교회에서 길버트를 보았는데, 그 아이의 아버지 조지 블라이드가 젊었을 때와 꼭 닮았더구나. 조지는 좋은 아이였거든. 우리는 참 사이가 좋았었지. 우리는 잘 어울린다는 소리도 곧잘 들었단다."

앤은 순간, 마릴라의 얼굴이 조금 붉어졌다는 것을 느꼈다.

"그래서요? 그 이후로 어떻게 되었나요?"

"그런데 어느 날, 우리는 작은 오해 때문에 다투게 되었어. 조지가 사과를 했는데, 내가 용서해 주지 않았지. 사실 용서해 줄 마음은 있었는데 괜한 마음에 받아들이지 않았어. 그 뒤로 조지는 나에게 말을 걸지 않았지. 블라이드가 사람들은 모두 자존심이 대단히 강하거든. 지금은 그때 조지의 사과를 받아들이지 않은 것을 후회한단다."

앤은 오늘, 마릴라의 또 다른 모습을 알게 되었다.

'마릴라에게도 그런 사랑 이야기가 숨어 있었구나!'

그리고 앤은 자신이 길버트에게 했던 행동을 하나하나 떠올렸다.

'길버트와 다시 화해할 수 있다면 좋을 텐데.'

앤은 자꾸만 길버트를 떠올리는 자신의 마음을 아직은 눈치채지 못하고 있었다.

다음 날, 시내에서 부동산 중매인이 초록 지붕 집을 보러 왔다. 마릴라가 집을 팔려고 내놓았던 것이다.

마릴라는 요즘 들어 부쩍 눈이 어두워지고 있었다. 게다가 앤이 대학으로 가고 나면 자기 혼자서는 집안 살림을 해 나갈 수 없기 때문에 집을 내놓은 것이었다.

중매인이 다녀간 뒤, 앤이 마릴라에게 단호하게 말했다.

"집을 팔아서는 안 돼요, 마릴라. 저는 대학에 가지 않겠어요. 어떻게 마릴라를 혼자 있게 할 수 있겠어요? 지금까지 저를 위해 얼마나 고생을 하셨는데요. 저는 이미 결심을 했어요. 이제부터는 학교에서 아이들을 가르치려고 해요. 에이번리 학교는 이미 길버트로 정해져 있으니까, 카모티의 학교로 가려고 해요. 그러니까 앞으로 제 걱정은 하지 마세요."

"아니다, 앤. 그러지 마라. 나 때문에 네 꿈을 접으면 안 돼."

하지만 마릴라도 앤의 굳은 결심을 꺾을 수는 없었다.

얼마 뒤, 마릴라는 앤이 원하는 대로 하도록 마지못해 허락을 했다.

앤이 대학에 가지 않고 학생들을 가르칠 것이라는 소문은 순식간에 에이번리 마을에 퍼졌다.

그 이야기를 들은 길버트가 자신은 화이트샌드의 학교에서 일하도록 절차를 밟아 놓고 에이번리 학교의 선생님 자리를 앤에게 내주었다.

앤은 길버트가 자신에게 에이번리 학교의 선생님 자리를 양보했다는 사실을 듣고는, 길버트에 대한 고마움과 죄스러움으로 밤잠을 설쳤다.

어느 날, 앤이 매슈의 무덤에 가서 여느 때처럼 꽃다발을 놓아두고 오는 길이었다.

앤은 마침 언덕길을 지나가던 길버트와 마주쳤다.

길버트는 앤의 모습을 보자 잠시 멈칫하더니 정중하게 모자를 벗어 인사를 하고는 말없이 가려고 했다.

앤은 이때를 놓쳐서는 안 된다고 생각했다.

"저어, 길버트, 네게 고맙다는 말을 꼭 전하고 싶었어. 나를 위해 선생님 자리를 양보했다는 얘길 들었거든."

앤은 길버트에게 감사의 말을 하는 동안 자신의 얼굴이 붉어지는 것을 느꼈다.

길버트는 앤의 인사가 뜻밖이라는 듯 겸연쩍어 했다.

"아니야, 감사받을 일이 아닌걸. 나는 그냥 너에게 조금이나마 도움이 되고 싶었을 뿐이야. 앤, 그럼 이제 나를 용서해 주는 거니? 우리는 이제 친구인 거니?"

앤은 수줍게 말을 꺼냈다.

"사실, 나는 그날 호수에서 널 이미 용서했는데, 나 자신도 그것을 깨닫지 못하고 있었어. 그것을 깨닫게 된 순간부터 쭉 후회했어."

앤의 말을 들은 길버트는 기뻐서 어쩔 줄 몰라 했다.

"그랬구나. 이제 우리는 좋은 친구가 될 수 있을 거야. 자, 이제 그만 가자. 집까지 바래다줄게."

앤과 길버트는 해가 지는 가로수길을 함께 걸으며 초록 지붕 집으로 향했다.

앤은 그날 밤 알 수 없는 설렘에 잠을 이룰 수가 없었다. 이제 또다시 자신의 인생에 행복의 기운이 불어올 것만 같은 예감이 들었다.

앤의 소망을 아는지, 사과꽃이 창문을 두드리며 향기로운 노래를 들려주고 있었다.

빨간 머리 앤

◆ 작품 소개

캐나다의 아동 문학가 루시 모드 몽고메리의 처녀 소설

1908년 간행. 세인트로렌스 만(灣) 안에 있는 프린스에드워드 섬을 무대로 한 연작 중 제1권이다. 앤 셜리라는 상상력이 풍부하고 말이 많은 고아 소녀가 성장해 가는 과정을 풍부한 어휘와 감성이 충만한 문체로 묘사하고 있다. 빨간 머리에다 주근깨가 많은 앤은 고아원에서 자라다 일을 도와줄 남자아이를 원하는 집으로 잘못 입양을 가게 된다. 앤은 실수를 거듭하면서도 가족과 이웃 사람들의 사랑을 받으며 건전하게 자라난다. 이 책은 꿈 많은 소녀의 심리와 성장 과정이 선명하게 그려져 있고 유머도 있어 10대 독자들에게 큰 공감을 얻었다. 작가 루시의 고향이기도 한 프린스에드워드 섬의 에이번리 마을에 관한 낭만적 묘사와 등장인물들의 감정에 관한 세심한 묘사 등이 이 소설의 장점이다. 속편으로 '앤의 청춘', '앤의 행복', '앤의 꿈의 집' 등이 있는데, 앤이 결

혼하여 아들들을 낳고, 그 아들들이 1차 대전에 참전하고, 나아
가 앤이 세상을 떠나는 과정까지 서술되었다.

에이번리라는 한적한 마을에서 살고 있는 독신 남매 매슈와 마
릴라는 일을 도와줄 남자아이를 고아원에 부탁하지만, 앤 셜리
라는 빨간 머리 여자아이를 떠맡게 된다. 마릴라는 앤을 되돌려
보내려고 하지만 앤의 어두웠던 어린 시절 이야기를 듣고 마음
이 바뀌어 앤을 친자식처럼 키운다. 그리고 앤은 이웃에 사는 또
래인 다이애나와 둘도 없는 친구가 된다. 학교에 가게 된 앤은 자
신의 콤플렉스인 빨간 머리를 보고 홍당무 같다고 놀리는 길버트
블라이드를 증오하게 되어, 그에게 지지 않으려고 열심히 공부한
다. 15세가 되어 퀸 학교에 응시한 앤은 라이벌인 길버트와 나란
히 1등으로 입학한다. 앤은 퀸 학교에서 1년 뒤에 치르는 시험에
서 길버트를 제치고 에이브리 장학금을 받고 대학에 갈 수 있게
된다. 대학 입학 전 앤은 잠시 에이번리로 돌아와 있다가 길버트
가 에이번리 학교의 교사가 되기로 했다는 사실을 알게 된다. 앤
을 사랑해 주던 매슈가 심장 마비로 죽고, 나이가 든 마릴라도 시
력이 나빠져서 초록 지붕 집을 지킬 수 없게 되자 앤은 대학 진학

을 포기한다. 앤이 대학 진학을 포기했다는 소문을 들은 길버트는 에이번리 학교의 교사 자리를 앤에게 양보하고, 둘은 서로 화해한다.

◆ **등장인물 소개**

앤 셜리_ 초록 지붕 집에 입양된 고아 소녀이다. 빨간 머리에 주근깨가 많고 말라깽이인 앤은 상상하기를 즐기며 늘 말이 많다. 다이애나에게 실수로 포도주를 먹여 취하게 만들기도 하고, 제멋대로 머리 염색을 해서 머리를 초록색으로 만드는 등 크고 작은 실수를 저지른다. 그렇지만 미워할 수 없는 귀여운 매력이 있으며, 공부도 열심히 하는 노력파이다. 빨간 머리에 관해 누가 뭐라고 하기만 하면 남녀노소를 가리지 않고 불끈한다.

매슈 커스버트_ 초록 지붕 집에 사는 독신 남매 중 오빠이다. 성격이 내성적이라 다른 사람과 잘 어울리지 못하지만 마음씨가 따뜻한 사람이다. 앤이 하는 일이라면 무조건 찬성하고 앤의 편을 들기 때문에 앤을 혼내는 악역은 늘 마릴라에게 돌아간다.

마릴라 커스버트_ 초록 지붕 집에 사는 독신 남매 중 여동생이다. 성격이 고지식하고 딱딱하여, 늘 앤에게 교훈적인 말을 덧붙여야 한다고 생각한다. 앤을 바르게 키우려는 생각에 엄하게 혼내는 일이 많지만 앤에 대한 사랑만큼은 매슈 못지않다.

다이애나 배리_ 앤의 가장 친한 친구로, 앤과 영원한 우정을 약속하며 마음속 이야기를 주고받는다. 눈과 머리가 까맣고 뺨이 장밋빛인 예쁜 소녀인데, 앤은 다이애나의 까만 머리를 가장 부러워한다.

길버트 블라이드_ 앤의 콤플렉스인 빨간 머리를 '홍당무' 같다고 놀려 앤에게 석판으로 머리를 얻어맞고 앤의 숙명적 라이벌이 된다. 그 뒤로 앤에게 사과하려고 노력하지만 앤이 받아 주지 않아 앤과 사이가 틀어진다. 늘 앤과 일등 자리를 놓고 다투는데, 잘생긴 데다 공부도 잘해 앤을 제외한 여학생들 사이에서 인기가 높다.

린드 부인_ 초록 지붕 집의 이웃에 살고 있는 부인으로, 에이번리 마을에서 일어나는 모든 일을 알아야 성미가 풀린다. 앤과의 처음 만남에서 길버트처럼 앤의 머리를 홍당무 같다고 해 앤에게 봉변을 당하지만, 앤과 친해진 이후에는 앤의 든든한 후원자 노릇을 한다.

◆ **들어가기**

어떤 문학 작품은 미처 작품을 읽기도 전에 먼저 만화나 애니메이션으로 만나는 경우가 가끔 있다. 아마 그중에서도《빨간 머리 앤》은 그러한 경우의 가장 좋은 예가 될 것이다. 일본의 닛폰 애니메이션이 '세계명작 극장 시리즈'의 하나로 1979년에 제작한 애니메이션은 일본뿐만 아니라 한국에서도 꽤 큰 인기를 끌었다. "주근깨 빼빼마른 빨간 머리 앤 / 예쁘지는 않지만 사랑스러워 / 상냥하고 귀여운 빨간 머리 앤 / 외롭고 슬프지만 굳세게 자라 / 가슴에 솟아나는 아름다운 꿈."

이 주제가를 아직도 기억하는 사람들이 있을 것이다. 청년이나 어른이 된 지금까지도 빨간 머리에 주근깨투성이의 앤 셜리를 기억하는 사람이 적지 않을 것 같다.

이 작품은 특히 일본 사람들에게 깊은 영향을 주었다. 해마다 일본에서는 이 소설의 작가가 태어난 고향과 이 소설의 배경이 되는 지역을 방문하기 위하여 단체로 관광객들이 몰려간다. 그리고 앤을 좋아하는 젊은 일본인들은 가끔 이곳에 와서 결혼식도 올리기도 한다. 프린스에드워드 섬 캐빈디시 곳곳에는 일본어로 안내 표지가 붙어 있을 정도다.

이 애니메이션은 캐나다의 아동 문학가 루시 모드 몽고메리(1874~1942)의 소설《빨간 머리 앤》중에서 앤의 유년 시절을 다룬 내용을 원작으로 하여 만든 것이다. 문학 작품을 각색한 대부분의 애니메이션이 흔히 그러하듯이 이 애니메이션도 원작에 있는 내용을 다루지 않거나 이와는 반대로 원작에 없는 내용을 덧붙여 놓기도 하였다.

한국이나 일본에서는《빨간 머리 앤》으로 널리 알려져 있지만 이 소설의 실제 제목은《초록 박공집의 앤》(1908)이다. '박공'이란 물매지붕에서 양쪽 끝부분에서 지붕 면과 벽이 이루는 삼각형 단면의 모서리를 말한다. 주인공 앤이 초록색 박공이 달린 집에서 살기 때문에 붙여진 제목이다.

《빨간 머리 앤》에서 몽고메리는 자신의 고향인 캐나다 동부 프린스에드워드 섬을 지리적 배경으로 삼는다. 이 섬 중에서도 캐빈디시 마을은 이 작품의 중심적인 배경이다. 이 소설에서 사건은 이 캐나다의 평화로운 시골 마을을 배경으로 마치 한 폭의 수채화처럼 펼쳐진다. 이 작품의 시간적 배경은 이 소설이 출간된 시기와 거의 같은 20세기 초엽이다.

이 작품에서 몽고메리는 등장인물들의 감정을 실감나게 묘사할 뿐만 아니라 풍부한 어휘력과 감성이 풍부한 문체로 묘사한다는 평가를 받고 있다.《빨간 머리 앤》이 독자들에게 큰 인기를 끌자 몽고메리는 앤의 처녀 시절을 다룬《에이번리의 앤》, 앤의 대학생 시절을 다룬《레드먼드의 앤》등의 후속 작품을 잇달아 출간하였다. 심지어 앤의 아들들에 관한 이야기를 비롯하여 아들들이 제1차 세계대전에 참전하는 이야기 등 앤이 세상을 떠날 때까지 '앤 시리즈'를 계속 써 갔다.

이 소설은 제목 그대로 머리카락이 빨강색인 앤 셜리라는 소녀를 주인공으로 삼는다. 앤은 조금 수다스럽지만 감정이 풍부하고 마음씨 고운 소녀로 온갖 역경을 극복하면서 어엿한 숙녀로 성장해 나간다. 그러므로 이 작품은 나이 어린 주인공의 성장 과정을 다룬 성장 소설의 장르에 속한다. 성장 소설에 속하는 작품이 흔히 그러하듯이 주인공은 부모가 없는 고아이거나 부모가 있어도 부모로서의 구실을 제대로 하지 못하는 집안의 어린아이이다. 앤 셜리의 경우에는 고아로 남의 집에 입양되어 성장한다.

나이가 지긋한 독신자 마릴라 커스버트와 매슈 커스버트 남매는 농장 일을 거들 남자어린이를 입양하려고 한다. 그러나 입양할 아이를 데리러 매슈가 마을 기차역에 갔을 때 사내아이 대신에 수다쟁이에다 사고가 엉뚱한 여자아이를 발견한다. 입양을 맡은 스펜서 부인의 실수로 사내아이 대신 여자아이가 온 것이다. 고심 끝에 마릴라는 앤을 입양하기로 마음먹는다.

물론 자녀를 키워 본 적이 없는 커스버트 남매로서는 앤을 키우기가 그렇게 쉽지 않다. 그러나 커스버트 남매는 사람을 끄는 앤의 매력과 순수함을 경험하면서 그동안 느껴 보지 못한 삶의 애환을 깨닫기 시작한다.

마릴라와 매슈는 머리가 영리한 앤을 교사 양성학교인 퀸 학교에 보낼 생각을 한다. 앤은 열심히 공부한 덕분에 친구 길버트와 나란히 일등으로 합격하여 퀸 학교에 입학한다. 그녀는 일년 만에 일급 교사 자격증을 취득하고, 레이먼드 대학교에 입학할 수 있는 장학금까지 받는다. 그러나 자신을 아버지처럼 돌보아주던 매슈 아저씨가 갑자기 사망하고 마릴라의 건강도 악화

되자 대학 진학을 포기하고 대신 에이번리 마을에 있는 학교에
교사로 취직한다.

몽고메리가 《빨간 머리 앤》에서 다루는 중심 주제는 인간의 유대
의식이다. 앤은 그야말로 오갈 데 없고 의지할 데 없는 고아지만
마릴라와 매슈를 만나 육체적으로나 정신적으로 건강한 소녀로
성장한다. 특히 앤은 매슈와는 정서적으로 아주 가깝다. 단순히
입양아와 양아버지의 관계를 뛰어넘어 서로 이해하고 사랑하는
돈독한 인간관계를 유지한다. 두 사람은 작가의 말대로 가히 '서
로의 영혼을 부르는' 사이라고 할 만하다.

　한편 마릴라는 겉으로는 무뚝뚝한 것 같지만 속으로는 앤을
생각하는 마음이 남다르다. 마릴라가 일부러 애정을 드러내지
않는 것은 앤을 좀 더 엄격하게 키우기 위해서였다. 앤을 건강
한 소녀로 키워내는 것은 마릴라지만 마릴라 또한 앤으로부터
여러모로 도움을 받는다. 앤을 두고 마릴라가 '자신에게 사랑을
가르쳐 준 아이'였다고 고백한다는 점을 눈여겨보아야 한다. 커
스버트 집안의 남매는 이렇게 앤을 입양하여 양육함으로써 사
랑과 가족의 진정한 의미를 절감하고 인간관계가 얼마나 소중

한지 새삼 깨닫는다.

《빨간 머리 앤》은 인간관계의 중요성과 더불어 환상과 현실의 긴장과 갈등이라는 또 다른 주제를 다룬다. 앤 셜리는 타고난 성격이 낙천적인 데다 고아로 자라서 그런지는 몰라도 유난히 상상력과 낭만적인 생각에 탐닉한다. 그녀는 끊임없이 백일몽을 꾸기 때문에 때로는 가정 일을 그르치기도 한다. 그 때문에 앤은 커스버트 남매와 에이번리 마을 사람들의 기대에 미치지 못할 때가 가끔 있다.

한편 마릴라는 앤과는 달리 허황된 꿈이나 환상에는 좀처럼 탐닉하지 않은 채 현실 세계에 굳건히 발을 딛고 살아가는 여성이다. 마릴라는 무엇보다도 절제된 행동과 상식적인 행동에 무게를 싣는다. 에이번리 마을의 부인들이 흔히 그러하듯이 그녀도 될 수 있는 대로 전통이나 사회 규범의 테두리에서 크게 벗어나지 않고 행동하려고 애쓴다.

이렇게 기질이나 삶의 태도가 다른 탓에 마릴라와 앤 사이에는 긴장과 갈등이 일어날 수밖에 없다. 그러나 앤은 성장하면서 점차 마릴라의 태도를 인정하게 되고, 마릴라는 마릴라대로 앤의 세계관도 소중하다는 사실을 깨닫기 시작한다. 두 사람은 궁극적으로 상상력과 현실, 개인의 자유와 사회적 체면 사이에서 타협점을 찾는다.

◆ 이 작품의 한계

아름다운 옥에도 티가 있다고 《빨간 머리 앤》에도 흠이 없지 않다. 이 작품은 무엇보다도 낭만적이고 목가적인 분위기 때문에 독자들로부터 사랑을 많이 받았지만 그동안 비판의 도마에 오르내린 때도 있었다. 몇몇 비평가들은 이 작품이 진지한 문학 작품이라기보다는 독자의 감상에 호소하는 통속소설이라고 지적한다. 그러나 일반 독자들을 위한 통속소설이라고 나쁜 작품은 아니다. 통속소설은 통속소설대로 진지한 작품 못지않게 중요하다. 더구나 이 작품은 성인 독자보다는 나이 어린 청소년 독자를 위한 작품이라는 사실을 잊지 말아야 할 것이다.

그러나 이 소설이 비판받는 더 큰 이유는 작가의 인종차별적인 태도에 있다. 몽고메리는 이 작품에서 프랑스 사람과 영국 사람을 멍청이로 간주하는가 하면, 유대인을 돈을 벌기 위해서라면 수단과 방법을 가리지 않는 사람으로 묘사한다. 오직 캐나다 사람만이 가장 훌륭한 국민이라고 생각한다는 점에서 몽고메리는 지나친 국수주의자나 배외주의자라는 낙인이 찍힐 만하다.

이러한 인종차별적인 시각은 오늘날 같은 다문화 사회에서는 가히 시대착오적이라고 할 만하다. 인종이나 계급 또는 성차에서 사람을 구분 짓지 않는 것이 오늘날의 추세에 비춰 보면 어긋나도 한참 어긋났다고 볼 수 있다.

루시 모드 몽고메리는 1874년 11월 캐나다에 정착한 스코틀랜드 계 아버지와 어머니 사이에서 외동딸로 태어났다. 불행하게도 루시가 두 살이 채 안 되었을 때 어머니가 폐결핵으로 세상을 떠나자 아버지는 재혼하였다. 그래서 루시는 캐빈디시에서 우체국을 경영하던 외할아버지와 외할머니와 함께 살면서 어린 시절을 보냈다.《빨간 머리 앤》은 바로 그녀의 외조부의 농가를 배경으로 삼고 있다.

몽고메리는 1911년 이웬 맥도널드 목사와 결혼하여 온타리오 주 릭스테일로 이주하여 세 아이를 낳아 길렀다. 1942년 토론토에서 사망한 뒤 고향 캐빈디시에 묻혔다.

몽고메리의 작품으로는《빨간 머리 앤》말고도《에이본리의

앤》,《섬의 앤》,《윈디 포플러의 앤》,《앤의 꿈의 집》,《잉글사이
드의 앤》,《무지개 골짜기》 등이 있다.